Fils de sorcière

Données de catalogage avant publication (Canada)

Gagnon, Hervé, 1963-
    Fils de sorcière
    (Collection Atout ; 87. Histoire)
    Pour les jeunes de 12 ans et plus.
    ISBN 2-89428-693-7

I. Titre. II. Collection : Atout ; 87. III. Collection : Atout. Histoire.

PS8563.A327T73 2004   jC843'.6   C2003-942035-3
PS9563.A327T73 2004

L'auteur remercie le Conseil des arts et des lettres du Québec de son appui financier.

Les Éditions Hurtubise HMH bénéficient du soutien financier des institutions suivantes pour leurs activités d'édition :

– Conseil des Arts du Canada ;
– Gouvernement du Canada par l'entremise du Programme d'aide au développement de l'industrie de l'édition (PADIÉ) ;
– Société de développement des entreprises culturelles du Québec (SODEC) ;
– Gouvernement du Québec par l'entremise du programme de crédit d'impôt pour l'édition de livres.

Éditrice jeunesse : **Nathalie Savaria**
Conception graphique : **Nicole Morisset**
Illustration de la couverture : **Luc Normandin**
Mise en page : **Folio infographie**

© Copyright 2004
Éditions Hurtubise HMH ltée
Téléphone : (514) 523-1523 • Télécopieur : (514) 523-9969
www.hurtubisehmh.com

Distribution en France
Librairie du Québec/D.N.M.
Téléphone : 01 43 54 49 02 • Télécopieur : 01 43 54 39 15
Courriel : liquebec@noos.fr

Dépôt légal/1ᵉʳ trimestre 2004
Bibliothèque nationale du Québec
Bibliothèque nationale du Canada

Imprimé au Canada

Hervé Gagnon

Fils de sorcière

Collection **ATOUT**

Historien et muséologue, **Hervé Gagnon** dirige
Blitz, *Culture & Patrimoine*, une entreprise spécialisée
dans la gestion et la mise en valeur de la culture
et du patrimoine. Il a aussi enseigné l'histoire du
Canada et la muséologie dans plusieurs universités
québécoises.

Son intérêt pour la littérature jeunesse remonte à
1999, alors que son fils l'a mis au défi d'écrire un
roman pour les jeunes. *Fils de sorcière* est son
septième roman, et le deuxième qu'il publie
aux Éditions Hurtubise HMH, après *Au royaume
de Thinarath*.

Un roman historique ne se fait pas tout seul, même pour un historien. Je tiens à remercier chaleureusement André Delisle, directeur du Musée du Château Ramezay, qui a pris au sérieux une idée lancée en l'air au cours d'une conversation, et Nathalie Savaria, éditrice jeunesse, pour ses conseils aussi nombreux que judicieux et pour les heures généreusement accordées à ce roman.

Prologue

Marie-Anne-Catherine Fleury Des-chambault regardait par la fenêtre sans vraiment s'intéresser à ce qu'elle y voyait. Comme ils le faisaient plusieurs fois par semaine, ses parents recevaient des visiteurs. Le bruit des conversations et des rires des riches marchands mont-réalais montait du rez-de-chaussée et l'empêchait de dormir. Sa chambre était pourtant le seul endroit où elle pouvait se réfugier pour ruminer son cafard. Dehors, en cette soirée d'octobre 1753, le temps était lourd. La pluie, qui n'avait pas cessé de tomber depuis quatre jours, venait battre tristement contre les carreaux de cette vitre épaisse qui déformait légèrement la vue que Catherine avait de la rue Saint-Paul, déserte à cette heure. Près d'elle, l'agréable chaleur du poêle en fonte, coulé aux Forges du Saint-Maurice, aux

Trois-Rivières, arrivait à peine à chasser l'humidité.

Catherine avait absolument tout pour être heureuse. Son père, Joseph Fleury Deschambault, était l'un des hommes les plus influents de Montréal. Natif de Québec, il occupait, depuis 1736, le poste de receveur de la puissante Compagnie des Indes, installée dans le prestigieux Château Ramezay. On disait même qu'on l'en nommerait bientôt l'agent général, comme son père, Joseph de Fleury de La Gorgendière, avant lui.

La famille Deschambault habitait une immense maison de pierre à deux étages située rue Saint-Paul, dans la partie la plus ancienne de Montréal. Seule la rue de la Commune la séparait du fleuve Saint-Laurent et du port. Une maison de quinze pièces, c'était à peu près ce qu'il y avait de plus grand dans toute la ville. Rares étaient les jeunes filles qui, comme Catherine, pouvaient disposer de leur propre chambre à coucher. À tous égards, la famille Fleury Deschambault n'avait rien à envier aux plus riches habitants de Montréal. Descendant en droite ligne de grandes familles françaises, Joseph et son épouse, Catherine Veron de Grand-mesnil, jouissaient du respect de tous les membres de la bonne société montréalaise.

Si le destin avait favorisé les Deschambault, il ne les avait pourtant pas complètement épargnés. Deux de leurs huit enfants étaient morts en bas âge, ce qui était, hélas! le triste lot de la plupart des familles. Comme tous les parents, monsieur et madame Deschambault avaient accepté avec résignation la fatalité et élevaient de leur mieux les enfants que Dieu, dans Sa grande sagesse, avait bien voulu leur laisser au fil des épreuves. Heureusement pour Catherine, aînée de la famille depuis la mort de son frère Joseph, il lui restait encore ses frères Étienne et Thomas ainsi que ses sœurs Claire, Thérèse et Françoise, qu'elle chérissait tendrement.

En cet automne de 1753, Catherine avait donc tout pour être heureuse. Sauf qu'elle allait bientôt se marier. À treize ans, c'était normal et elle acceptait d'ailleurs son sort sans rechigner. Cependant, elle éprouvait un malaise en pensant que, dès janvier prochain, elle quitterait la maison familiale pour aller vivre dans la seigneurie de Longueuil. L'endroit lui paraissait terriblement éloigné, même si le pont de glace, l'hiver, et les barques, l'été, permettaient de traverser le fleuve. Il ne restait que trois mois avant le grand jour. C'était si peu! En plus, Catherine connaissait mal son futur époux, Charles-Jacques Le Moyne. Il avait bien «veillé» chez elle à quelques reprises, comme c'était la coutume, mais elle était si timide qu'elle lui avait à peine adressé la parole. Elle ne savait de lui que ce qu'une jeune fille de bonne famille devait savoir: Charles-Jacques allait devenir seigneur et baron de Longueuil à la mort de son père; il avait 29 ans; il était un soldat redoutable; il provenait d'une famille bien établie dont les exploits militaires remontaient aux premiers temps de la colonie, et possédait une fortune importante. Son rôle, à elle, serait d'être une épouse attentive et respectueuse, et de lui donner le plus grand nombre d'enfants possible. Mais elle avait peur. Peur de ne pas aimer cet homme. Peur d'être malheureuse loin de sa famille. Peur des responsabilités que sous-tendait le titre de baronne. Peur d'être une piètre épouse. Peur de ne pas savoir diriger une maisonnée remplie de domestiques. Au fond d'elle-même, elle aurait préféré attendre quelques années de plus avant de s'unir devant Dieu et les hommes, mais elle se serait bien gardée d'en parler à ses parents, ou même à Claire, qui n'avait qu'un an de moins qu'elle et à qui on réservait sans doute un sort semblable.

Monsieur Deschambault tenait beaucoup à ces épousailles. Il avait su, au cours de sa carrière, s'allier avec les familles les plus influentes de la colonie. Déjà, ses sœurs à lui avaient épousé des hommes de familles reconnues, les Taschereau, les Trottier Dufy Desauniers, les Marin de La Malgue et les Rigaud de Vaudreuil, ce qui était tout à son avantage. Maintenant, grâce à Catherine, il allait élargir ce réseau d'influence. En tant que beau-père de Charles-Jacques, il pourrait fréquenter la noblesse militaire et seigneuriale de la colonie, ce qui manquait encore à ses relations. Toutefois, en attendant, Catherine voyait se terminer une enfance qui lui avait paru bien trop courte. Une enfance facile et sans histoire.

Catherine ignorait encore que le destin lui réservait une aventure qu'elle n'oublierait jamais.

1

LE TRISTE SORT
DE FRANÇOIS MOREL

Le bruit de la réception s'ajoutant à son anxiété de future mariée, Catherine dormit peu cette nuit-là. Au matin, elle quitta sans entrain son lit et fit un arrêt sur le pot de chambre que Marguerite, la domestique, s'occuperait de vider plus tard. Elle se dirigea ensuite vers le lave-mains, prit le pichet, versa un peu d'eau dans le bassin en porcelaine et s'humecta le visage et les mains. Elle s'attarda peu devant la glace et grimaça d'impatience en apercevant son reflet. Ses jolis yeux noisette étaient bouffis par le manque de sommeil et n'avaient pas leur éclat espiègle habituel. Une masse de cheveux bruns, rendus rebelles par ses nombreux retournements sur l'oreiller, entourait son visage rondelet. Contrariée, Catherine soupira. Pour se remonter le moral, elle ouvrit sa grande garde-robe en acajou et, après quelques hésitations, y choisit une jolie robe bleue aux manches bouffantes couvertes de boucles de dentelle blanche. Elle l'ajusta soigneusement sur son corps légèrement potelé et chaussa de petits escarpins* de soie brodée que son père avait fait importer de France spécialement pour elle. Une fois habillée, elle peigna ses cheveux, les poudra légèrement, les attacha sur la nuque avec un joli ruban bleu, se parfuma à l'eau de rose et, en ronchonnant, descendit à la cuisine.

Marguerite était en train de rentrer l'eau du puits, un lourd seau dans chaque main. Trapue et solide, comme l'étaient la plupart des habitants canadiens, la domestique déposa l'un d'eux dans un coin de la pièce et versa l'autre dans un grand chaudron en fonte qu'elle mit sur le poêle à bois, afin d'avoir de l'eau chaude toute la journée. Elle resta là un moment pour se réchauffer.

Lorsque Catherine entra dans la cuisine, Marguerite se tourna vers elle

---

* Escarpins : petites chaussures très délicates.

et, repoussant une mèche des longs cheveux noirs qu'elle portait noués sur la nuque, lui sourit.

— Bonjour, mademoiselle, dit-elle d'une voix énergique. Vous voilà finalement ! Fait pas bien beau, n'est-ce pas ? Encore une journée qui vous mouille jusqu'aux entrailles. Pas grave. On a du bon feu à l'intérieur !

Pour toute réponse, Catherine émit un grognement bougon. Marguerite, qui connaissait bien les humeurs changeantes de la jeune demoiselle, marcha d'un pas ferme près de la porte, suspendit à un crochet de fer forgé le châle de laine beige et retira ses gros sabots de bois pour chausser ses bottines de cuir noir. Sur la table, elle avait déjà placé le déjeuner de Catherine : une tranche de gros pain, un morceau de lard et une rondelle d'oignon rouge.

— J'ai pensé que mademoiselle aurait faim, dit Marguerite. Mademoiselle n'a pas dû dormir beaucoup avec tout ce vacarme, la nuit passée. Pas étonnant que mademoiselle se soit levée tard.

— Quelle heure est-il ? demanda Catherine en mâchonnant.

— Oh, hésita Marguerite en jaugeant la lumière du jour par la fenêtre. Sans doute autour de neuf heures. Monsieur votre père a déjà quitté pour le Château depuis deux heures au moins.

— Tiens, je crois que je vais aller le rejoindre, dit Catherine en pensant au vieux jardin des Ramezay où elle pourrait flâner, tranquille, pendant quelques heures.

— Très bien. Laissez-moi prendre mon châle. Il fait frisquet dehors et le ciel est bas. Mais, au moins, la pluie a cessé pour le moment.

— Ce ne sera pas nécessaire, Marguerite. Je vais m'y rendre seule.

La domestique prit un air horrifié.

— Mademoiselle n'y pense pas! Mademoiselle sait bien que monsieur son père n'aime pas qu'elle se promène seule en ville. Cela ne sied pas à une jeune fille de bonne famille.

— Je sais, je sais, soupira Catherine avec impatience. Il n'a pas à le savoir. Je lui dirai que tu m'as laissée là pendant que tu te rendais au marché public acheter quelques légumes frais et que tu me rejoindras sur le chemin du retour.

Entre deux contrats de vente à signer, il n'y verra que du feu.

— Mais mademoiselle... protesta Marguerite.

— Suffit! coupa Catherine. Je ne suis pas d'humeur!

Catherine, qui avait retrouvé un peu de son enthousiasme habituel, se frotta les dents à l'aide de sa serviette de table en lin, se leva et se dirigea vers la porte d'entrée principale, à l'avant de la maison. Elle aperçut au passage Étienne et Thérèse, assis par terre dans le salon autour d'une table recouverte de velours rouge sur laquelle des pions étaient disposés. Ils jouaient une partie de trictrac* sous le regard attentif de Thomas et de Françoise. Dans quelques heures, tous les quatre se rendraient en classe chez les Sœurs de la Congrégation. Comme Catherine, Claire avait terminé ses études et lisait sur le sofa. Les livres étaient rares au pays mais, heureusement, monsieur Deschambault parvenait à en importer quelques-uns sur les vaisseaux de la Compagnie. Que

---

* Trictrac: jeu de dés où l'on fait avancer des pions sur un damier.

des œuvres aux mœurs irréprochables, bien entendu ! Rien à voir avec les pièces de théâtre libertines de monsieur Molière, que le clergé colonial interdisait énergiquement.

Catherine revêtit sa pèlerine*, qui lui descendait jusqu'aux chevilles, remonta le capuchon sur sa tête, prit son sac, rentra les bras à l'intérieur du vêtement et sortit. Les rues de Montréal n'étaient jamais propres, mais la pluie des derniers jours les avait transformées en véritables bourbiers. Les quelques trottoirs de bois vermoulu n'étaient guère plus engageants. Partout, la boue se mêlait aux excréments des animaux et au contenu des pots de chambre qu'une bonne part des quelque trois mille Montréalais vidait par les fenêtres chaque matin. Depuis longtemps déjà, la ville s'était éveillée et des voitures circulaient dans tous les sens, tirées par des chevaux dont les sabots faisaient lever la saleté, éclaboussant les passants.

---

* Pèlerine : manteau sans manches muni d'un capuchon.

En protégeant tant bien que mal ses belles chaussures et le bas de sa pèlerine, Catherine marcha rapidement jusqu'à la rue Saint-Claude. Elle remonta la petite pente jusqu'à la rue Notre-Dame. À l'intersection de Saint-Claude et de Notre-Dame, juste sur sa droite, elle aperçut le Château.

En 1745, la Compagnie des Indes avait acheté le magnifique Château Ramezay, rue Notre-Dame. En 1705, le gouverneur de Montréal, Claude de Ramezay, avait fait construire cette vaste demeure de deux étages pour abriter ses seize enfants et ses domestiques, en plus d'y installer ses bureaux. Après la mort de monsieur le gouverneur, sa veuve a loué le Château, qui a servi de résidence à l'intendant de Nouvelle-France. Catherine adorait flâner dans les jardins et dans l'écurie pendant que son père s'affairait à l'intérieur de l'édifice en pierre surmonté d'un élégant toit en pente. Elle s'amusait à imaginer la vie qu'avaient menée le gouverneur puis les intendants dans ce décor fastueux, où ils avaient sans doute pris des décisions qui avaient changé le cours de l'histoire de la colonie.

Dire qu'on utilisait à présent le Château comme entrepôt! En ville, on désignait désormais la noble résidence sous le nom fort peu flatteur de « Maison du castor ». Aussitôt la propriété achetée, la Compagnie avait fait construire des voûtes sur le côté ouest de la propriété. Elle y entassait d'innombrables ballots de fourrures en attente de départ pour la France et des marchandises importées que venaient acheter les marchands de Montréal pour les revendre ensuite sur le territoire de la Nouvelle-France. L'endroit débordait tant de produits de toutes sortes que le père de Catherine était même en discussion avec le maître maçon Paul Tessier dit Lavigne pour le faire agrandir le plus rapidement possible. Il voulait en doubler la superficie en ajoutant une rangée complète de pièces à l'arrière. Catherine, elle, trouvait le Château parfait tel quel.

Comme chaque fois qu'elle y venait, elle prit un moment pour admirer cet édifice riche en histoire. Autour du bâtiment s'élevait une clôture de pieux. Derrière se trouvaient le jardin, l'écurie et la glacière, petit appentis de bois où l'on conservait l'été la glace achetée du marchand. Catherine ouvrit la porte de la clôture et s'engagea sur la propriété où une odeur de verger traînait encore vaguement dans l'air. Elle fit le tour du bâtiment et entra par la porte arrière, pour ne pas importuner les employés de la Compagnie, affairés à inventorier les marchandises qui entraient et sortaient sans cesse.

À l'intérieur, Catherine vit des produits récemment apportés de France par les navires de la Compagnie, arrivés en juillet et en août au port de Québec, et qu'on avait ensuite transportés à Montréal par canot. Il y en avait tant qu'ils avaient débordé des voûtes où on les entreposait habituellement bien au frais et occupaient à peu près tout le rez-de-chaussée. Venir au Château Ramezay, c'était un peu comme faire le tour du monde, des Indes à la Chine en passant par l'Afrique, l'île Bourbon, l'île de France et le Brésil, sans oublier la France. Les odeurs d'épices, de café, de thé, de tabac, de clou de girofle, de cannelle et de gingembre se mêlaient en un étourdissant parfum exotique. Les ballots de tissus de toutes sortes, des laines les plus grossières aux soies les plus délicates en passant par les mousselines, les cotonnades, les serges et les taffetas, faisaient tourner la tête à la jeune fille, qui se prenait à rêver des robes les plus fastueuses. Des caisses de précieuses porcelaines de Chine, d'outils, d'armes, de vin, d'eau-de-vie, des vêtements à la dernière mode de Paris, des meubles de grand luxe s'entassaient presque jusqu'au plafond. Et ce n'était là que ce que les voûtes ne pouvaient plus contenir! Les ballots de fourrures, par contre, étaient plutôt rares en cette saison, car tous les stocks avaient été chargés en prévision de leur départ pour la France dans quelques semaines. Là, on les transformerait en feutre à chapeau.

Catherine louvoya entre les piles et se rendit au bureau de son père, situé dans une grande pièce au beau milieu du Château. Elle le trouva assis derrière sa grande table en bois de rose, une plume à la main, en train de rédiger un contrat. Au mur, bien en évidence derrière lui, trônait un grand portrait à l'huile qui représentait Jean-Baptiste Colbert, contrôleur général des Finances, surintendant des Bâtiments, des Arts et des Manufactures et secrétaire de la Marine de feu Sa Majesté Louis XIV. Il s'agissait d'une copie d'un tableau peint par Philippe de Champaigne qui se trouvait dans le Château depuis 1745 et à laquelle Deschambault tenait beaucoup. On y voyait le puissant ministre de profil, un sourire énigmatique sur le visage, un col de dentelle blanche recouvrant son austère robe noire, un document dans la main droite. Deschambault avait expliqué à Catherine que monsieur Colbert avait fondé en 1664 la première Compagnie française des Indes occidentales, mettant ainsi un terme à la domination des Hollandais sur le commerce des produits d'Orient en France. Sans Colbert, disait-il souvent avec admiration, les Hollandais approvisionneraient aujourd'hui la colonie.

Assis devant le père de Catherine, dans un grand fauteuil en acajou de style Louis XIII recouvert d'un brocart vert et bourgogne, un homme vêtu d'un superbe justaucorps* foncé et d'une chemise à jabot et à manchettes de dentelle, attendait, l'air anxieux.

— Bonjour, père, dit Catherine en glissant la tête dans l'embrasure de la porte.

— Catherine, ma chère petite, s'exclama Joseph Fleury Deschambault en se levant immédiatement, un sourire ravi éclairant son visage. Que fais-tu donc ici?

— J'accompagnais Marguerite au marché lorsque l'idée m'a prise de venir flâner un peu dans le jardin en l'attendant. Cela ne vous dérange pas, au moins?

— Pas du tout.

Fleury Deschambault se retourna vers l'homme et lui fit un clin d'œil complice.

— Ma fille se mariera en janvier prochain. Vous savez ce que c'est... Elle vient s'asseoir parmi les pommiers pour mieux rêver de son futur époux.

L'homme se leva à moitié pour faire une révérence sans conviction, avec un sourire crispé. Il se rassit aussitôt et ramena son regard sur le contrat

---

* Justaucorps : vêtement d'homme serré à la taille et descendant jusqu'à mi-cuisse.

dont l'arrivée inopinée de Catherine avait interrompu la rédaction. Fleury Deschambault saisit le mouvement.

— Bon. Je dois me remettre au travail, dit-il à Catherine. Monsieur Hervieux est un homme très occupé et il doit absolument livrer cette semaine un lot de porcelaines bleues à ses clients.

— Très bien. Je vous laisse. Monsieur, dit Catherine en faisant une petite révérence polie à l'intention de Jacques Hervieux, un des marchands les plus importants de Montréal.

Catherine ressortit du Château et se rendit dans la cour arrière, où se trouvait le jardin. Bien sûr, celui-ci n'avait plus rien à voir avec la magnifique propriété originale des Ramezay, dont la Compagnie n'avait acheté qu'une partie, le reste ayant été démembré et vendu à d'autres par les héritiers du gouverneur. Il restait néanmoins des traces de la beauté pleine de grandeur du jardin français de jadis. On pouvait encore apercevoir la portion du terrain où s'était trouvé le grand potager qui avait fait la renommée des Ramezay, avec ses herbes aromatiques et ses légumes rigoureusement disposés en rangs. L'été, des fleurs sauvages y poussaient un peu partout, entre les pommiers.

Catherine inspira profondément les odeurs d'automne. Elle se dirigea vers le vieux banc de bois qui semblait avoir été abandonné dans un coin du jardin et s'assit. Le merveilleux endroit l'aidait à voir les choses plus calmement. Elle soupira et tenta de se convaincre qu'à son âge, le mariage était normal pour une fille de son rang et que, une fois habituée à sa nouvelle situation, elle s'y ferait comme toutes les autres.

Un bruit inhabituel la tira de ses pensées. Curieuse, elle tendit l'oreille. Rien. C'était sans doute le froissement des feuilles dans le vent d'automne qui se levait de nouveau. Frissonnant, elle remonta sa pèlerine sur son cou et sortit de son sac une petite broderie à laquelle elle travaillait à temps perdu pour chasser ses idées noires. Au rythme de l'aiguille qui allait et venait sur le canevas, faisant peu à peu apparaître une image pieuse, elle se laissa aller à penser à Charles-Jacques. Il lui fallait bien admettre qu'il était fort élégant et qu'il faisait l'envie des jeunes filles de la bonne société. Il représentait un excellent parti et le père de Catherine avait raison d'être fier d'avoir conclu de telles épousailles. Par ailleurs, Catherine avait l'impression que, malgré leur différence d'âge, Charles-Jacques éprouvait pour elle une affection sincère.

Le bruit se fit de nouveau entendre. Cette fois, Catherine était certaine de ne pas avoir rêvé. Elle s'immobilisa, les sens en alerte. Cela semblait provenir d'un petit bosquet de lilas dans le coin du jardin. Elle déposa sa broderie et, prudemment, se leva. Tout à coup, elle regrettait un peu d'avoir refusé la compagnie de Marguerite. Elle se rassura en songeant que son père était tout près et qu'il ne pourrait rien lui arriver sans qu'il intervienne aussitôt. De plus, personne n'oserait s'en prendre à la fille du receveur de la Compagnie des Indes.

Elle allait s'avancer vers le bosquet lorsqu'elle entendit le bruit, étouffé par le feuillage.

Sniiiiffff !

Surprise, Catherine recula de quelques pas.

— Est-ce qu'il y a quelqu'un? demanda-t-elle d'une voix timide.

Aucune réponse. Il s'agissait peut-être d'une simple marmotte qui travaillait à creuser un trou et qu'elle avait dérangée par son arrivée. Catherine se détendit et décida de se rasseoir.

Sniiiiffff!

Cette fois, pas de doute: il y avait quelqu'un dans le bosquet. Catherine chercha autour d'elle un objet qui lui permettrait de se défendre. Elle aperçut sur le sol, près de la clôture de pieux, une branche cassée qui paraissait assez solide. Elle la saisit.

Tenant la branche à deux mains, elle s'approcha du bosquet.

— Sortez immédiatement, qui que vous soyez! ordonna-t-elle d'une voix moins assurée qu'elle ne l'aurait souhaité.

Pour toute réponse, les branches frétillèrent légèrement. Sans réfléchir, Catherine balança un grand coup de bâton dans les lilas.

— Aïe! fit une petite voix.

— Sortez! répéta Catherine, ou j'appelle mon père, monsieur le receveur de la Compagnie des Indes!

Les branches de lilas s'agitèrent dans tous les sens et un petit garçon s'en extirpa en se frottant la tête.

— Pas besoin de me frapper ainsi, mademoiselle. Je ne faisais rien de mal, dit-il en sanglotant.

Stupéfaite, Catherine laissa choir son bâton et demeura figée, les bras pendants. Le petit garçon continuait à se masser la tête en fixant le sol. Ses cheveux bruns et crasseux étaient retenus sur la nuque par un lacet de cuir. Il était plus petit que Catherine et, tout pâle, il faisait peine à voir. Sa culotte de grosse toile grise était couverte de saleté. De son paletot entrouvert dépassait une chemise en lin grossier qui n'était guère en meilleur état. Le bout d'une pipe en plâtre sortait de sa poche — ces roturiers* avaient la grossière habitude de fumer le tabac dès leur plus jeune âge. Des bas de laine troués lui remontaient sur le mollet et allaient rejoindre la culotte qui avait perdu des boutons à la braguette et que retenait un simple

---

* Roturier: personne de condition inférieure. Qui n'est pas noble.

cordon de chanvre. Ses souliers de cuir (Catherine se rappela que les gens du peuple les appelaient « souliers de bœuf ») étaient détrempés. Penaud, l'enfant grelottait, probablement autant de froid que de peur. Ses grands yeux bruns écarquillés de surprise, il semblait attendre que Catherine prenne les devants.

— Que fais-tu là, toi ? demanda-t-elle une fois la surprise passée. Ne sais-tu pas que cette propriété appartient à la Compagnie des Indes ?

— Oui, mademoiselle, répondit timidement le garçon. Je le sais, mais...

— Mais quoi ? coupa Catherine avec impatience.

— Depuis trois semaines, je n'ai nulle part où aller et je me disais qu'ici, je serais en sécurité pour la nuit. Pour être parfaitement honnête, j'espérais pouvoir me glisser à l'intérieur et dormir dans les ballots de fourrures, bien au chaud, mais tout était verrouillé. Alors, je me suis enroulé dans mon paletot et je me suis caché ici.

Sans avertissement, il se mit à pleurer à chaudes larmes, les épaules secouées par de gros sanglots. Lorsqu'il se fut quelque peu calmé, il renifla bruyamment.

Sniiiiffff!

Le mystérieux bruit qui avait attiré l'attention de Catherine venait de trouver son explication. Un peu attendrie par le malheur évident de son interlocuteur, elle s'avança vers lui. Elle s'arrêta à quelques pas — une demoiselle de bonne famille n'allait tout de même pas s'abaisser à toucher un roturier! Elle hésita, ne sachant que dire.

— Viens t'asseoir.

Elle s'en retourna vers le banc et s'installa à une de ses extrémités. Craintivement, le jeune garçon lui emboîta le pas et s'assit au milieu du banc.

— Pas si près, ordonna Catherine.

Le garçon glissa aussitôt à l'autre extrémité. Ainsi séparés par une distance socialement acceptable, ils s'observèrent, Catherine toisant le garçon avec autorité. Lui, intimidé d'être aussi près d'une demoiselle de qualité, la regardait modestement, la tête inclinée vers le sol.

Catherine avait entendu parler des habitants des faubourgs qui, près des portes de la muraille, vivaient souvent dans la pauvreté, et des enfants abandonnés que l'on retrouvait parfois en ville et dont le Bureau des pauvres prenait charge. On disait même que les Sœurs Grises de mère d'Youville se préparaient à ouvrir un orphelinat pour les recueillir et les instruire. Cependant, c'était la première fois que Catherine daignait adresser la parole à une personne du peuple — à part Marguerite, évidemment. Mais Marguerite était au service des Deschambault depuis sa plus tendre enfance. Elle avait grandi dans la maison et faisait presque partie de la famille.

— Comment t'appelles-tu? demanda enfin Catherine.

— François, répondit le garçon d'une toute petite voix. François Morel.

— Je suis Marie-Anne-Catherine Fleury Deschambault, fille de Joseph Fleury Deschambault, receveur de la Compagnie des Indes, répliqua-t-elle avec hauteur.

— Euh... Je suis honoré, fit François Morel, visiblement intimidé.

— Tu n'as vraiment nulle part où dormir?

— Nulle part, répéta François, son regard se perdant dans le vide. Enfin... J'avais une maison mais maintenant...

— Quoi, maintenant? Qu'est-il arrivé? A-t-elle brûlé? demanda Catherine en pensant aux deux grands incendies de 1721 et 1734, qui avaient rasé une partie importante de la ville et dont on lui avait abondamment parlé. Tes parents ont-ils eu l'imprudence de construire une maison en bois malgré l'interdiction formelle de monsieur l'intendant?

— Non. Elle est toujours là, ma maison, murmura François, piteux.

— Alors, pourquoi n'y retournes-tu pas? Tes parents vont s'inquiéter.

— Mon père est mort, mademoiselle. Et ma mère, elle... elle n'est plus là.

— Elle t'a abandonné? s'exclama Catherine, scandalisée.

Elle avait souvent entendu des histoires au sujet de femmes de mauvaise vie qui abandonnaient leurs enfants conçus dans le péché et le vice.

François releva brusquement la tête. Il vrilla sur Catherine des yeux où passa un éclair de colère.

— Bien sûr que non! Ils l'ont emmenée!

— Qui ça?

— Les soldats. Ils sont venus à la maison voilà trois semaines et ils l'ont emmenée.

— Emmenée où? Sois clair, à la fin! s'impatienta Catherine.

— À la prison.

— Qu'est-ce qu'elle a fait?

— Rien.

— Comment ça, rien? Les soldats de Sa Majesté n'arrêtent pas les gens sans raison valable. Elle a bien dû commettre un quelconque larcin, cette vilaine.

— Elle n'a rien fait, je vous le jure sur la tête de saint Joseph, mademoiselle. Ma mère est une femme honnête et de bonnes mœurs. On l'a faussement accusée!

— De quoi l'a-t-on accusée, au juste? demanda Catherine d'un ton suspicieux.

François ne répondit pas. Les yeux de nouveau fixés sur le sol, il se mit à tortiller avec un embarras évident le bas de son capot.

— Parle donc, à la fin! De quoi l'accuse-t-on?

François releva lentement les yeux, des yeux une fois de plus remplis de larmes qui débordaient lentement sur ses joues.

— De sorcellerie.

Instinctivement, Catherine eut un mouvement de recul. Son père lui avait souvent parlé de ces temps pas si lointains où, en France, les Inquisiteurs avaient chassé les sorcières et en avaient brûlé des centaines sur le bûcher. Grâce à leur inlassable travail, ils étaient parvenus à protéger la population des suppôts de Satan* qui ensorcelaient les pauvres gens, leur bétail et leurs récoltes, qui traversaient le ciel sur leur balai pour se rendre au sabbat adorer le Diable et dévorer des enfants. Heureusement, au Canada, de telles monstruosités étaient rares. Il y avait bien eu des dénonciations de temps à autre, mais messieurs les juges des prévôtés** de Montréal et de Québec avaient accompli leur devoir avec

---

* Suppôts de Satan : serviteurs du Diable.
** Prévôté : tribunal de première instance où l'on entend les causes de justice, de police et de commerce.

---

sagesse et protégé la population de l'influence du Démon. Catherine n'avait que deux ans lorsque, en 1742, s'était tenu le dernier procès de sorcellerie de toute la colonie, celui du soldat François-Charles Havard de Beaufort dit l'Avocat, qui avait tenu une séance de magie noire chez le cordonnier Charles Robidoux pour retrouver une somme de trois cents livres qu'on avait dérobée à son hôte. Le père de Catherine, qui avait suivi l'affaire avec intérêt, avait vu Beaufort et Robidoux se faire fouetter publiquement et être condamnés à trois ans de galère. Depuis, plus rien, mais les curés s'assuraient de rappeler réguliè-rement à leurs paroissiens que le danger était toujours bien présent.

Catherine eut un frisson de terreur. Le Diable serait-il en train de refaire une apparition dans une colonie que Dieu, dans Son infinie bonté, protégeait si bien ?

— Ta mère est une sorcière ? dit-elle en faisant le signe de la croix. Va-t'en d'ici, damné !

François tendit vers Catherine des mains suppliantes.

— Vous ne comprenez pas, mademoiselle. Je vous supplie de me croire. Ma mère n'est pas une sorcière. C'est une bonne chrétienne qui va à la messe et qui partage le peu qu'elle possède avec des plus pauvres que nous. C'est une femme de vertu.

Un gémissement s'échappa de la gorge de François, qui se laissa tomber à genoux et, le visage enfoui dans les mains, se remit à sangloter. Catherine ne savait que faire. Elle se rappelait les leçons de monsieur le curé sur l'importance de la charité chrétienne. Allait-elle laisser dans le besoin quelqu'un d'aussi démuni et vulnérable que semblait l'être ce garçon? Ne serait-ce pas là un péché extrêmement grave qui la conduirait directement au purgatoire*? Et pourtant, alors même que sa conscience et son cœur lui criaient de porter secours au garçon et de tenter d'améliorer sa situation, ne fût-ce qu'un tout petit peu, sa raison hurlait de terreur. Le Diable n'était-il pas le plus grand des fourbes et

---

* Purgatoire: dans la religion catholique, lieu où les âmes expient leurs péchés avant d'accéder au paradis.

des tentateurs? Ne prenait-il pas la forme d'un enfant dans le besoin pour mieux la séduire et l'entraîner vers la damnation éternelle? Catherine était déchirée. Ce fut François qui finit par faire pencher la balance en sa faveur. Il releva un peu la tête et, les joues ruisselant de larmes, les lèvres frémissantes, il lui lança un regard désespéré.

— Je vous en prie, mademoiselle. Aidez-moi. Je suis tout seul...

Catherine décida d'écouter sa conscience. Elle s'avança vers François. Surmontant la répulsion qu'elle éprouvait à toucher quelqu'un du peuple, elle lui prit le bras et l'aida à se remettre debout.

— Viens avec moi, lui dit-elle. Mon père saura quoi faire.

Elle l'entraîna vers le Château. Au même moment, les lourds nuages qui n'avaient jamais cessé de menacer se fendirent. Une pluie drue et froide recommença à s'abattre sur la ville.

2

LA CHARITÉ CHRÉTIENNE

Aussi calmement qu'elle le pouvait, Catherine résuma à son père la situation dans laquelle se trouvait François Morel. En homme d'affaires aguerri, Joseph Fleury Deschambault savait que, pour se faire une juste idée d'une question, il importait d'en comprendre tous les détails. Bien calé dans son fauteuil, il avait un air princier avec sa perruque blanche poudrée qui lui descendait à moitié sur les oreilles, son justaucorps de velours bleu, son gilet beige à boutons dorés et son jabot de dentelle, qu'il lissait distraitement de temps à autre. Il écouta patiemment Catherine, ne l'interrompant que pour demander une précision. Lorsqu'elle eut terminé, il se frotta le menton avec le creux de la main et fronça ses sourcils touffus.

— Oui, oui. J'ai entendu parler de cette affaire voilà quelques jours déjà. Triste situation, vraiment...

Il se tourna vers François, qui était demeuré en retrait dans l'embrasure de la porte et qui tortillait de plus belle son paletot. Il l'invita à s'asseoir dans le grand fauteuil.

— Et toi, jeune homme ? demanda-t-il, son regard perçant fermement fixé sur François. Qu'as-tu à ajouter ?

— Tout ce que je sais, monsieur, c'est qu'il y a trois semaines, un huissier et deux soldats se sont présentés chez nous à l'aube. Ils ont frappé à la porte et, lorsque ma mère a ouvert, l'huissier a déroulé un papier et en a lu le contenu à haute voix. Ensuite, ils l'ont ligotée et emmenée. Puis ils ont condamné la maison en disant qu'elle était sous scellés et que personne ne pouvait y vivre jusqu'à la fin du procès. Ensuite, ils ont voulu m'amener au Bureau des pauvres, mais je me suis enfui. Je ne savais pas où aller, alors j'ai dormi un peu partout. Hier, je me suis installé là où mademoiselle m'a trouvé tout à l'heure.

Deschambault demeura un long moment silencieux, les coudes sur son bureau de bois de rose, les doigts joints devant son visage, perdu dans une profonde réflexion.

— Diantre! s'exclama-t-il enfin en lissant le jabot de sa chemise. Te voilà en fort mauvaise posture, jeune homme! Tu dois bien avoir de la parenté quelque part en ville qui pourrait t'accueillir. Un oncle? un cousin?

— Non, monsieur, répondit faiblement François. Ma mère et moi, nous sommes tout seuls.

Deschambault se leva et vint se planter devant François qui, impressionné par l'importance du personnage, se faisait tout petit dans le fauteuil en acajou.

— Bon. Puisque c'est comme ça... Pour le moment, nous allons voir au plus pressant. Il ne sera pas dit que la famille Deschambault aura manqué de charité chrétienne, dit-il d'un ton ferme. Nous t'hébergerons pour l'immédiat, jusqu'à ce que nous décidions ce qu'il conviendra de faire de toi. Nous trouverons certainement un endroit où l'on pourra t'accueillir. Je me demande si les sœurs de mère d'Youville... Enfin. Nous verrons cela plus tard. En attendant, il importe que l'on te garde bien au chaud.

Il se retourna vers Catherine, qui était soulagée de voir ainsi son père prendre charge de la situation.

— Catherine. Aurais-tu l'obligeance de ramener notre jeune ami à la maison ? Dis à Marguerite de lui installer un lit dans la cuisine. Il sera bien au chaud près du poêle. Qu'on le nourrisse et, surtout, qu'on lui donne un bain, ajouta-t-il en plissant du nez.

— Très bien, père. Merci.

— Il n'y a pas de quoi, ma petite. Tu as fait preuve d'une grande bonté aujourd'hui. Cette qualité te sera indispensable lorsque tu seras mariée.

Ah oui, le mariage. Pendant un moment, Catherine l'avait oublié.

— Au fait, jeune fille, reprit Fleury Deschambault.

— Oui, père ? répondit encore Catherine.

— Ne va surtout pas croire que je n'ai pas remarqué l'absence de Marguerite, qui était pourtant censée revenir te prendre. Encore une de tes petites escapades, je présume ?

Catherine fit un sourire contrit. Son père la regardait affectueusement.

— Allez, va, petite coquine, conclut-il, l'œil brillant. Et que je ne t'y reprenne plus.

Les deux enfants sortirent. Dehors, la pluie tombait toujours. Catherine remonta le capuchon de sa pèlerine et, ensemble, ils se dirigèrent vers la maison, refaisant à l'inverse le trajet qu'elle avait suivi quelques heures plus tôt. Ils arriveraient tout juste à temps pour le dîner. Marguerite aurait certainement quelque chose pour eux dans la dépense*. Pour la première fois depuis des semaines, Catherine était affamée.

* * *

Ils arrivèrent à la maison des Deschambault. Catherine franchit la porte de devant et la garda ouverte.

---

* Dépense : lieu où l'on conserve les provisions et les aliments.

Timidement, François restait sur le seuil, la tête basse.

— Allez. Entre, François.

Le jeune garçon obéit avec d'extrêmes précautions, comme s'il craignait que ses souliers ne laissent sur le beau parquet de bois des traces indélébiles. Il referma la porte derrière lui et, ne sachant que faire, resta planté dans l'entrée.

— Catherine? Qu'est-ce que cela signifie? coupa soudain une voix de femme.

François releva les yeux, juste assez pour entrevoir une femme d'allure altière qui se tenait à quelques mètres de là. Les cheveux grisonnants relevés avec élégance, la dame portait une robe d'un vert sombre au décolleté carré. Son cou était entouré d'une bande de velours vert sur laquelle elle avait épinglé une délicate broche en or. Ses mains entrelacées sur son ventre disparaissaient en partie sous des manchettes de dentelle.

— Mère, je vous présente François Morel. Il est... hésita Catherine. Il est...

— D'un autre quartier de la ville, compléta madame Deschambault avec dédain. Cela se voit.

La dame tourna la tête vers l'arrière de la maison.

— Marguerite! appela-t-elle.

Quelques secondes plus tard, la domestique apparut sur le pas de la porte de la cuisine.

— Madame?

— Veuillez donner quelques deniers à ce mendiant.

François releva la tête, horrifié.

— Oh non, mère, reprit Catherine avec empressement. Il ne s'agit point de cela.

Catherine relata à sa mère les événements de la matinée. Quand elle eut terminé, madame Deschambault était navrée.

— Pauvre garçon. Pardonne-moi. Si j'avais su... Se retrouver ainsi tout seul, sans savoir où aller... Coucher à la belle étoile. Monsieur mon époux a absolument raison. Les Deschambault sont de bons chrétiens. Nous allons commencer par te nourrir. Ensuite, ajouta-t-elle en plissant imperceptiblement le nez, nous te laverons.

— Merci, madame, dit François d'une toute petite voix. Je ne voudrais surtout pas abuser de votre hospitalité.

— Suffit! Tu seras notre invité aussi longtemps qu'il le faudra.

* * *

François mangea à s'en éclater la panse. Depuis trois jours, il n'avait rien trouvé d'autre à se mettre sous la dent que quelques vieux croûtons de pain rassis. Il avala à grandes cuillerées le bol de bouilli de légumes que lui servit Marguerite. Attendrie à la vue du garçon transi et en haillons, elle avait pris bien soin d'y ajouter un gros morceau de porc et une petite miche de pain avec laquelle il racla minutieusement le fond du bol. La domestique revint vers la table avec une deuxième portion de bouilli fumant sur laquelle François se précipita aussitôt. Assise au bout de la table, Catherine l'observait en souriant. Son regard croisa celui de Marguerite, qui lui retourna un clin d'œil complice.

Pendant que François s'empiffrait, Marguerite avait installé dans la dépense, parmi les provisions de toutes sortes, une grande cuve en fer-blanc et avait mis de l'eau à chauffer sur le poêle.

Lorsque François eut le ventre bien plein, elle la versa, toute fumante, dans la cuve et se retourna vers lui.

— Bon. Il est temps de te décrasser, toi, lui dit-elle affectueusement en l'entraînant vers la petite pièce, qui communiquait avec la cuisine par une porte basse. Allez! Déshabille-toi! Nous allons te frotter un peu.

Marguerite astiqua consciencieusement les moindres petits recoins de François, qui subit ce traitement sans rechigner même s'il n'en avait guère l'habitude. Pour lui, comme pour la plupart des habitants de la ville, une baignoire était une nouveauté que l'on n'utilisait que chez les gens bien. Il ne savait que faire de la savonnette à main que lui tendait la domestique, lui qui n'avait jamais vu autre chose que le savon à lessive fabriqué par sa mère avec de la cendre et de la graisse. Et puis, combien de fois François avait-il entendu le chirurgien-barbier dire que la crasse protégeait des maladies qui circulaient dans l'air? Et que le fait de déboucher les pores de la peau par des ablutions inconsidérées rendait vulnérable à leurs attaques ? Aussi se contentait-il, comme tout le monde, de se laver les mains et le visage de temps à autre et de laisser prudemment s'accumuler la crasse partout ailleurs.

Une fois que François fut assez propre au goût de Marguerite, elle le tira de la cuve et le frotta avec une serviette de chanvre jusqu'à ce qu'il soit tout rouge, puis l'aspergea d'un parfum aux fruits et aux herbes très odorant. Lorsque la domestique fut satisfaite, on aborda la question des vêtements

— Tu ne peux pas remettre ces vieilles guenilles sales. Elles te donnent l'air d'un gueux. Attends-moi. Je vais essayer de trouver quelque chose qui t'irait.

Comme François ne mangeait pas souvent à sa faim, il était passablement maigre. Marguerite revint quelques instants plus tard avec des vêtements d'Étienne qui lui allaient presque. Il enfila les bas de soie, la culotte, la chemise de toile et le justaucorps qu'on lui tendit. Cependant, comme il avait les pieds trop larges pour les petites chaussures de cuir qu'on lui destinait, il remit ses souliers de bœuf.

— Quel âge as-tu, mon garçon ? demanda la domestique en fronçant les sourcils.

— Onze ans et demi ; bientôt douze, je crois, répondit fièrement François.

— Ouais... Tu es presque un homme. Tu n'es pas bien gros pour ton âge. Étienne a à peine plus de huit ans et ses habits te vont presque parfaitement. Il va falloir t'engraisser, toi.

Catherine passa l'après-midi à faire visiter la maison à François, qui n'avait jamais rien vu d'aussi beau de toute sa vie. La demeure était richement meublée d'armoires, de buffets, de coffres, de tables, de tapis, de fauteuils et de sofas ramenés de France sur les vaisseaux de la Compagnie des Indes. Les murs étaient ornés de magnifiques tapisseries de Bergame, de tableaux à l'huile, de crucifix en ivoire, de miroirs et d'autres merveilles acquises à grands frais. Les somptueux rideaux n'avaient rien à voir avec les biens que sa mère et lui possédaient. Chacune des chambres à coucher disposait d'un moelleux lit de plumes. Des chandeliers de laiton et d'argent et des lampes en bec de corbeau y attendaient la nuit pour jeter leur lumière.

À la vue de toutes ces merveilles, François ne pouvait s'empêcher de penser à sa maison à lui: une masure basse d'un seul étage qui ne comprenait en tout et pour tout qu'une seule pièce qui tenait lieu à la fois de cuisine et de chambre à coucher. Une misérable maison de pierre que sa mère avait péniblement réussi à acheter près de la porte de Saint-Laurent, à l'ombre de la grande muraille dont monsieur Chaussegros de Léry, ingénieur du roi, avait fini de ceinturer la ville en 1744. Tout à coup, il en avait affreusement honte. Pourtant, il aurait tout donné pour y retourner et y retrouver sa mère, comme avant.

— Qu'as-tu donc? demanda Catherine en remarquant son air triste.

— Moi? Rien, mademoiselle. Je me disais seulement que tout, chez vous, est si beau. Je n'ai jamais rien vu de pareil.

— Et tu ne le verras nulle part ailleurs à Montréal... dit Catherine en regardant autour d'elle, l'air satisfait. La Compagnie des Indes nous est bien utile...

* * *

Bientôt, ce fut l'heure du souper. Sur la table de la salle à manger trônait un gros rôti de bœuf aux herbes accompagné de légumes bouillis, d'oignons, de petits pois, de beurre frais et de sel, le tout servi dans de la porcelaine de Chine. Aux places de monsieur et de madame Deschambault, deux coupes de cristal fin étaient remplies de vin français.

À sept heures du soir, monsieur Deschambault rentra du Château Ramezay et tout le monde se mit aussitôt à table. François ne se sentait pas à sa place dans tout ce faste et il demeura en retrait, attendant que Marguerite l'invite à la suivre pour manger à la cuisine. Il fut étonné d'apprendre qu'on lui avait réservé une place entre Catherine et sa sœur Claire.

— Assieds-toi donc, mon petit, dit madame Deschambault en souriant.

Timidement, François s'installa et mangea en silence. Marguerite avait commencé à desservir lorsque monsieur Deschambault, au bout de la table, interpella l'invité.

— Au fait, jeune homme, j'ai appris que le procès commencera demain matin, à onze heures précises. Pauvre femme. Après trois semaines au cachot, il est à peu près temps que l'on se décide à l'entendre. Tout vaut mieux que de croupir dans cette cave infecte.

— Demain ? Donc, elle pourra bientôt revenir chez nous ? demanda François, plein d'espoir.

Joseph Fleury Deschambault prit un air embarrassé.

— La sorcellerie est un crime grave, tu sais, et la justice le prend très au sérieux même si on n'en voit pratiquement plus de nos jours. Le mieux qu'un prévenu puisse espérer, c'est d'être relâché jusqu'à plus ample informé, c'est-à-dire jusqu'à ce que l'on accumule de nouvelles preuves contre lui. Évidemment, la plupart du temps, on le trouve coupable...

— Qu'est-ce qui arrive alors ? demanda François, la gorge serrée.

— Les sentences varient de la simple amende au bannissement, en passant par la saisie des biens, le fouet, l'amende honorable sur le parvis de l'église...

— Vous pouvez certainement aider ma mère, gémit François, désespéré. Vous êtes si puissant et si respecté.

— J'ai bien peur que ta mère ne se retrouve dans une position sans grand espoir. Je possède une certaine influence, il est vrai, mais je n'oserais jamais m'immiscer dans le cours de la justice de Sa Majesté.

— Qui va l'aider, alors ?

— Personne. Dans cette colonie, on n'admet même pas les avocats. Elle devra se débrouiller toute seule.

Les épaules de François s'affaissèrent. Si le puissant Joseph Fleury Deschambault lui-même ne pouvait rien pour sa mère, elle était assurément perdue.

— Croyez-vous que je pourrai assister au procès ? demanda timidement François.

— Ma foi, je me demande si ce serait une bonne idée, hésita monsieur Deschambault. Tu n'y verras rien de très agréable, tu sais.

— Oui, mais ma mère est toute seule. Elle a besoin de moi, rétorqua François, les yeux pleins d'eau.

Monsieur Deschambault délibéra un moment avec lui-même. Il s'avoua rapidement vaincu.

— Bon. Je suppose que c'est ton droit. Marguerite t'accompagnera, dit-il en regardant la domestique.

Le souper se termina dans un silence pesant. Les adultes se retirèrent ensuite au salon et les enfants, dans leur chambre. Marguerite prit affectueusement François par l'épaule et le conduisit à la cuisine, où elle lui avait installé une paillasse fraîchement bourrée près du poêle, conformément aux directives de monsieur Deschambault.

— Viens, mon petit. Tu as besoin de dormir. Avant que tu n'ailles au lit, tu diras une prière pour ta mère. Dieu entend toujours les suppliques des petits enfants. Si elle est innocente, Il l'aidera assurément.

Son espoir un peu ravivé, François suivit la domestique. Par la porte de la cuisine, Catherine l'interpella :

— Dors bien, François, dit-elle. Demain sera une dure journée pour nous.

François ne comprit pas tout de suite ce qu'elle sous-entendait. Marguerite, elle, réagit immédiatement.

— Mademoiselle! s'insurgea-t-elle. Vous n'y pensez pas! Ce n'est pas un spectacle pour une jeune fille de votre rang! Monsieur votre père l'interdirait formellement!

— Dans moins de trois mois, je serai mariée et je porterai le titre de baronne de Longueuil, répliqua vivement Catherine. Il est plus que temps que je voie la vie comme elle est vraiment! Et puis, François aura besoin de tout l'encouragement qu'on peut lui apporter. J'irai. Un point, c'est tout! Et malheur à quiconque tentera de m'en empêcher. Il est temps que mon futur titre de noblesse serve à quelque chose!

Elle tourna les talons et monta l'escalier.

3

LE PROCÈS DE PERRINE MOREL

Le lendemain matin, François revêtit les vêtements de la veille — les seuls qu'il possédât depuis que Marguerite avait décidé que les siens ne convenaient pas — et partagea le déjeuner de la domestique. En mangeant son pain, son lard et son oignon, il pensait à sa pauvre mère qui, dans son petit cachot de la rue Notre-Dame, ne devait pas avoir grand-chose à se mettre sous la dent, si l'on se fiait à ce que l'on entendait des conditions de vie des prisonniers. De plus, elle devait être affreusement angoissée à l'idée qu'elle allait bientôt affronter seule la justice du roi.

Vers neuf heures, Catherine vint rejoindre François dans la cuisine.

— Es-tu prêt ?

— Je suppose que oui, répondit François d'une voix étranglée par la nervosité.

— Allons, dit Catherine avec compassion. Essaie de garder espoir. Si, comme tu le dis, ta mère est innocente, le juge finira bien par s'en rendre compte.

— Pas selon monsieur votre père.

— Tu sais, mon père, il voit tout d'un œil de financier. Moi, je préfère regarder le monde avec mon cœur. Tu devrais faire la même chose.

Catherine se dirigea vers le salon et y rejoignit sa mère, occupée à sa broderie devant la fenêtre. S'il fallait que sa mère découvre où elle prévoyait passer les prochaines heures, elle en aurait une syncope. Une jeune fille de bonne famille frayant avec le bas peuple. Impensable !

— Mère ?

— Oui ? répondit distraitement madame Deschambault sans quitter son canevas des yeux.

— Comme mon mariage approche à grands pas, je ressens un profond besoin d'aller faire quelques dévotions à la petite chapelle Bonsecours pour y demander la protection de la bonne mère Marguerite Bourgeoys et méditer sur mon rôle d'épouse. Vous n'y voyez pas d'objection? Marguerite m'y conduira avant d'aller au procès avec François.

Madame Deschambault releva la tête.

— Chère petite, dit sa mère en souriant tendrement. Tu es si sérieuse pour ton âge. Je suis certaine que tu feras l'épouse la plus attentionnée qui soit.

— Je ferai de mon mieux, dit Catherine en contrôlant la moue qui voulait se former sur ses lèvres. J'en profiterai pour faire une prière à l'intention de la mère de François.

— Pauvre enfant, soupira la dame. J'espère que tout se passera bien. Demande à Marguerite de te préparer un goûter. Et assure-toi qu'elle viendra te chercher à la fin de la journée, d'accord?

Catherine revint dans la cuisine où l'attendaient François et Marguerite, qui avait pris son châle de grosse laine sur le crochet et l'avait drapé sur ses épaules.

— Voilà, dit Catherine. Nous pouvons y aller.

La domestique posa sa coiffe de lin blanc sur sa tignasse épaisse et jeta à Catherine un regard de désapprobation.

— Si monsieur et madame apprennent que mademoiselle fréquente les procès criminels, je me retrouverai à la rue. Pour sûr ! maugréa-t-elle.

— Suffit, Marguerite ! Ils ne l'apprendront que si tu le leur dis !

* * *

Lorsque Catherine, François et Marguerite arrivèrent en vue de la prison, une foule compacte s'y pressait, bloquant la rue Notre-Dame jusqu'à l'église Notre-Dame-des-Victoires et à la propriété des Sœurs de la Congrégation de Notre-Dame. Les gens étaient toujours attirés par les procès et en suivaient avidement le déroulement — à plus forte raison lorsque les accusations concernaient un crime aussi grave que la sorcellerie. Il faudrait beaucoup plus que le mauvais temps pour les en dissuader.

La prison de Montréal n'était rien d'autre qu'une lugubre maison de deux étages. Habité par le geôlier et son épouse, le bâtiment avait été converti pour accommoder le nombre toujours grandissant de prévenus. Au fil du temps, Montréal avait bien changé. Avec ses cabarets, où l'on s'enivrait copieusement, et les soldats de plus en plus nombreux à mesure qu'augmentaient les probabilités d'une guerre prochaine avec l'Angleterre, elle n'avait plus rien de la colonie religieuse des débuts. Au contraire, il s'y commettait davantage de crimes que n'importe où ailleurs en Nouvelle-France. Les tribunaux arrivaient à peine à s'occuper d'un véritable déluge d'accusations d'agression, de meurtre, de viol, de vol, d'escroqueries diverses, de prostitution, d'adultère, de bigamie, de vagabondage, de lèse-majesté, de contrebande, de faux monnayage... Jusqu'à ce que tous ces accusés aient subi leur procès, il fallait bien les mettre quelque part. On avait donc aménagé dans la cave de cette maison des cachots où on les entassait jusqu'à ce que justice soit rendue.

Précédés par Marguerite, qui leur ouvrait tant bien que mal le chemin,

Catherine et François se mêlèrent à la foule. Ils se retrouvèrent au cœur d'une véritable jungle humaine d'où émanaient des odeurs de crasse, de transpiration et d'oignon. Péniblement, ils progressèrent vers la porte de la prison, Marguerite jouant du coude avec détermination.

— Ho! Hé! s'exclama un homme à la figure marquée par la vérole* et vêtu d'un long tablier de cuir. Si vous vouliez voir de plus près, vous n'aviez qu'à vous lever de bonne heure!

En apercevant Catherine, il se tut et son visage prit une expression où se mêlaient la terreur et la contrition.

— Veuillez me pardonner, mademoiselle Deschambault. Je ne vous avais pas reconnue, dit-il en s'écartant pour lui céder le passage. Bougez-vous, vous autres, cria-t-il à l'intention de ceux qui se trouvaient derrière. Allez, nom de nom! Laissez passer la demoiselle!

Étonnée par cette soudaine courtoisie, Catherine adressa un regard interrogateur à Marguerite.

* Vérole: variole.

— Ce forgeron ferre les chevaux de monsieur votre père. Il ne veut surtout pas le froisser. Espérons qu'il ne dira rien de cette rencontre...

Ils purent avancer plus facilement par la suite et parvinrent bientôt à la porte de la prison, où un garde leur barra le passage.

— On n'entre pas. Le procès va bientôt débuter.

Marguerite ne fut nullement démontée par cette interdiction.

— Voici mademoiselle Marie-Anne-Catherine Fleury Deschambault, qui souhaite assister aux procédures, rétorqua-t-elle avec autorité en désignant Catherine de la main. Elle est accompagnée par le fils de l'accusée. Veuillez nous laisser entrer, je vous prie.

Le garde sembla réfléchir un instant puis, laissant échapper un long soupir contrarié, il leur céda le passage. Marguerite et les deux enfants s'avancèrent jusqu'au logis du geôlier, qui servait la plupart du temps de salle d'audition. Ils s'arrêtèrent dans l'embrasure de la porte. À l'intérieur, assis derrière une petite table en pin, le lieutenant civil et criminel de la juridiction royale de Montréal, qui allait présider au procès, était occupé à aiguiser la plume d'oie dont il allait se servir pour colliger les témoignages. Sa longue toge noire lui descendait jusqu'en bas du genou. Elle recouvrait un justaucorps brodé et une chemise à jabot, un pantalon de drap brun et de riches souliers de cuir à boucle d'argent. Coiffé d'une perruque poudrée à l'arrière de laquelle on voyait ses cheveux ramassés dans une petite bourse de cuir, l'homme dégageait une autorité presque palpable.

Au fond de la petite pièce, on avait installé quelques bancs. Catherine, François et Marguerite y prirent place. Derrière eux, la foule bigarrée qui avait réussi à entrer se pressait pour voir et entendre ce qui serait, pour elle, un véritable spectacle. Même le notaire Desmarais, qui s'était occupé de la succession du père de François, était assis là, discrètement contre un mur. Vêtu d'un austère costume noir, une moue dédaigneuse sur le visage, l'homme paraissait mal à l'aise dans cette masse de Montréalais excités et bruyants.

Pendant les quelques minutes qui suivirent, tous attendirent que les choses se mettent en branle. Impressionné, François arrivait à peine à contenir sa nervosité. Autour d'eux, les rumeurs allaient bon train.

— On dit qu'elle a ensorcelé plein de gens, chuchota à l'intention de sa voisine une femme que François reconnut et qui habitait à quelques rues de chez lui. La coquine! Non, mais, vous vous rendez compte? Elle aurait aussi bien pu en faire autant avec moi.

— Je tiens de source très sûre que, la nuit, on l'entend marmonner des maléfices du fond de son cachot, renchérit un homme. La justice ne doit pas tarder. Sinon, c'est toute la ville qui finira ensorcelée.

— En tout cas, fit un autre, j'espère qu'ils nous en débarrasseront une fois pour toutes. Il y a assez de criminels comme ça à Montréal Si, en plus, il faut recommencer à avoir des sorcières...

* * *

Dans son cachot humide, Perrine mâchait sans entrain le morceau de pain que lui amenait chaque matin la femme du geôlier avec un petit gobelet d'eau croupie. Assise sur une vieille paillasse crasseuse déposée à même le sol de la cave et qui avait accueilli des dizaines d'autres prisonniers avant elle, elle resserra en frissonnant la vieille couverture de laine trouée et nauséabonde dont elle s'était enveloppée. Dans un coin de la pièce, un pot de chambre rempli à ras bord des excréments de la dernière semaine dégageait une odeur pestilentielle. Dans un autre coin, se trouvait un petit banc de bois sur lequel elle s'assoyait de temps à autre pour changer de position et combattre les courbatures. À trente-six ans, elle était déjà vieille. Pourquoi devait-elle endurer une telle épreuve? Qui s'occupait de son petit François pendant qu'elle croupissait ici? Si seulement les gens de justice avaient voulu l'écouter. Elle serait certainement parvenue à les convaincre de son innocence. Mais peine perdue. Elle devait subir un procès, lui avait-on dit.

Perrine se gratta distraitement la tête. Les puces la dévoraient littéralement. Elle s'étira un peu le cou pour que la lumière qui s'infiltrait par le petit soupirail à barreaux lui réchauffe le visage, sans succès. Le soleil d'octobre restait bien caché derrière d'épais nuages gris. Ce mauvais temps augmentait encore l'humidité qui lui donnait déjà si mal aux os. De peur qu'elle n'en profite pour ensorceler des citoyens innocents, on ne lui avait même pas permis d'aller marcher dans la cour quelques minutes par jour, comme on le faisait pour les autres prisonniers. Perrine fut saisie d'une violente quinte de toux et, pendant un moment, attendit pliée en deux que le souffle lui revienne. Elle se leva enfin, la respiration sifflante, et, traînant péniblement les lourds fers qu'on lui avait mis aux chevilles avant de l'enfermer, marcha un peu. Elle tenta de replacer la pauvre robe de grosse étoffe qu'elle portait depuis le jour de son arrestation. Un gros rat lui frôla les chevilles et disparut dans une fente à la base du mur de pierre.

Ce matin-là, son procès commencerait et l'angoisse l'oppressait. Une clé tourna dans la serrure et le geôlier ouvrit la porte.

— Il est onze heures. Suis-moi, dit-il brusquement.

Perrine sortit de son cachot pour la première fois depuis trois semaines. Escortée par le geôlier et deux soldats, elle monta lentement à l'étage.

* * *

Un murmure s'éleva dans l'assistance. Au fond de la pièce, une porte venait de s'ouvrir. Précédée du geôlier et entourée par les soldats, Perrine apparut, toute frêle. Le pas traînant, alourdi par les fers dont on avait même refusé de la libérer pour sa comparution, elle avança, le visage terriblement pâle, les yeux cernés, le dos voûté, les cheveux en broussaille, les vêtements souillés. François eut le cœur brisé de la voir ainsi. Sa mère avait toujours été si fière, même dans la pire des pauvretés.

— Maman! hurla-t-il, incapable de contenir le mélange de joie et de peine qu'il éprouvait. Maman! Je suis ici!

Au son de cette voix qu'elle chérissait tant, Perrine se redressa, cherchant des yeux à travers la foule. Apercevant son fils, elle traversa l'espace qui les séparait, ses chaînes retenant les fers qui lui entaillaient cruellement les chevilles. Avant que les soldats ne réagissent, elle le serra contre elle.

— François, soupira Perrine. Mon petit François. Tu m'as tellement manqué.

— Toi aussi, maman. Tu vas revenir à la maison bientôt, n'est-ce pas? demanda le garçon en levant vers elle un regard éploré.

Avant que Perrine ne puisse répondre, un des soldats la saisit à bras-le-corps sans ménagement. Elle se débattit de toutes ses forces pour demeurer auprès de son enfant. Des cris déchirants s'échappaient de ses lèvres gercées. Le second soldat s'approcha et, à deux, ils parvinrent à la maîtriser. Épuisée par l'effort, Perrine se mit à tousser si violemment qu'elle tomba à genoux sur le plancher de bois. Incapable de reprendre son souffle, elle toussa jusqu'à cracher des glaires épaisses auxquelles se mêlaient des filaments de sang clair. Dans la foule, des rires amusés et des insultes fusaient d'un peu partout.

— Tu peux bien te cracher les entrailles, mécréante ! hurla une femme dans la foule. C'est tout ce que tu mérites !

François allait s'élancer vers sa mère lorsque Marguerite le retint fermement par le bras et le rassit sur le banc.

— Tiens-toi tranquille, chuchota-t-elle. Tu n'aideras pas ta mère en troublant l'ordre public.

Catherine, elle, était paralysée de terreur. Jamais n'avait-elle vu de si près une telle foule. L'odeur âcre des corps qui se pressaient autour d'elle, le désordre, la médisance, la méchanceté, le plaisir évident que ces gens éprouvaient à voir la souffrance des autres, tout cela lui était étranger et l'étourdissait.

Les deux soldats relevèrent Perrine Morel et la traînèrent vers un banc de bois que l'on avait disposé devant la table du lieutenant. Ils l'assirent rudement. Le lieutenant civil et criminel, qui n'avait pas encore daigné lever les yeux, étalait soigneusement ses papiers. Il soupira profondément — le soupir las de celui qui doit accomplir une tâche désagréable dont il s'est désintéressé depuis longtemps déjà. Il releva enfin la tête et regarda lentement l'assistance.

— Silence ! cria-t-il d'une voix puissante et autoritaire.

Aussitôt, la foule se tut.

— L'interrogatoire va commencer, ajouta le lieutenant.

Il attendit un instant et, satisfait du silence qui persistait, il se tourna vers Perrine, seule devant lui. Il lui présenta un exemplaire de la Bible et lui demanda de prêter serment.

— Veuillez décliner votre identité et votre état, intima-t-il par la suite d'une voix dure.

— Perrine Morel, messire, répondit la mère de François en toussotant. Sage-femme et veuve.

Le lieutenant la regarda gravement.

— Perrine Morel, comme le veut la coutume, vous paraissez devant nous pour prouver votre innocence du crime dont vous êtes accusée.

Il se tourna vers la gauche.

— Monsieur le procureur du roi, à vous de procéder, déclara-t-il sans plus de formalités.

Un petit homme à l'air déterminé que Catherine n'avait pas remarqué jusqu'ici sortit du coin de la pièce et, l'air important, s'avança vers Perrine.

— Perrine Morel, dit-il d'un ton sentencieux, vous avez fait l'objet d'un décret de prise de corps* à la suite d'une plainte déposée contre vous par un habitant de cette ville, ladite plainte ayant été corroborée par des témoignages, comme l'exige la loi, et la preuve ayant été dûment examinée par cette cour. Ledit décret de prise de corps vous ayant été dûment signifié par monsieur l'huissier, vous comparaissez aujourd'hui devant la justice de Sa Majesté pour répondre des accusations qui pèsent contre vous.

Perrine demeura muette.

— Vous êtes accusée de sorcellerie! tonna le procureur.

— Cette accusation est fausse, dit Perrine d'une voix sifflante. Je ne suis qu'une pauvre femme qui s'est retrouvée bien démunie après la mort de son époux. J'ignore pourquoi l'on porte à

---

* Prise de corps: arrestation d'un inculpé pour emprisonnement dans les prisons royales.

mon endroit de si horribles soupçons, mais j'affirme haut et fort être une bonne chrétienne préoccupée par le salut de son âme, comme l'enseignent nos prêtres.

Le procureur fit quelques pas devant elle, l'air méprisant.

— Je dois vous dire, madame, que le fait de nier l'accusation n'aide en rien votre cause.

— Je ne suis pas une sorcière! éclata Perrine. Je n'ai rien à me reprocher. Toute cette histoire n'est que comédie!

Le procureur releva un sourcil, étonné.

— Niez-vous donc avoir menacé Mathurin Villeneuve, habitant en cette ville, de l'envoyer au Diable? explosa-t-il.

Perrine fixa le lieutenant de justice sans répondre. C'était donc de là que provenait l'accusation.

— Le niez-vous? insista le procureur.

— Il n'y a rien à nier, répliqua finalement Perrine. Mathurin Villeneuve n'est qu'un bon à rien. Il me harcèle depuis la mort de mon époux, voilà un peu plus de quatre ans, pour que j'accepte de l'épouser. J'ai toujours refusé par respect pour la mémoire de mon mari, mais aussi parce que cet homme me répugne et que ses motifs ne me disent rien de bon. Voilà un mois environ, il s'est de nouveau présenté chez moi dans les mêmes desseins. Entendant mon refus, il s'est mis en colère, m'a saisie par les bras et m'a secouée avec violence, ce que voyant, j'ai réussi à me dégager et l'ai giflé. Il a alors quitté ma demeure, non sans m'avoir d'abord juré qu'il se vengerait et que je regretterais l'affront que je venais de lui infliger.

— Et alors? demanda le procureur avec finesse. Qu'avez-vous répliqué?

Perrine hésita un moment, son regard posé sur la Bible sur laquelle elle venait de jurer de ne dire que la vérité.

— Je lui ai dit d'aller au Diable, soupira-t-elle d'une voix à peine audible.

Un murmure de surprise mêlée de désapprobation parcourut l'assistance.

— Silence! ordonna le lieutenant civil et criminel. Continuez, monsieur le procureur.

Le procureur se tourna vers lui.

— Monsieur le lieutenant civil et criminel en cette prévôté de Montréal, veuillez noter que Perrine Morel, ici présente, nie avec véhémence l'accusation. Comme toute bonne chrétienne ne saurait mentir ainsi devant la justice de Sa Majesté, un tel entêtement ne peut qu'être inspiré par le Diable. Avec votre permission, je vais maintenant appuyer la preuve.

Le juge hocha gravement la tête puis trempa sa plume d'oie dans l'encrier et prit quelques notes. Le procureur revint à Perrine et, après avoir consulté ses papiers, poursuivit.

— Avant cet interrogatoire, une information a été tenue dans le plus grand secret, comme le prescrit la loi de cette colonie. Sachez que plusieurs témoins sont venus confirmer les accusations de sorcellerie qui pèsent contre vous.

Perrine était dépassée par les événements. Des témoins? Qui donc avait bien pu témoigner contre elle puisqu'elle n'avait rien fait?

— Niez-vous avoir ensorcelé la vache de dame Marie-Anne Charpentier, votre voisine, tarissant ainsi le lait dont dépendait sa famille? poursuivit le procureur.

— Je n'ai rien fait de la sorte, répondit faiblement Perrine. J'ai toujours eu de bonnes relations avec la Charpentier. Sa vache était malade depuis longtemps. Tout le monde le sait.

Le procureur ne parut nullement démonté. Il continua.

— Niez-vous avoir, lors du mariage de monsieur Louis Pontonnier et de dame Louise Gadbois, noué l'aiguillette*, causant ainsi l'impuissance dudit Pontonnier et rendant ainsi le couple incapable de consommer son union ?

— Ces gens m'ont demandé si je connaissais quelque herbe qui rétablirait la virilité de monsieur Pontonnier, mais je n'en connaissais aucune. Je n'ai rien pu faire pour eux.

— Niez-vous avoir donné à dame Lucie Rolland une potion de votre fabrication qui a eu pour effet de la faire avorter ?

— Sa grossesse avait été difficile et je lui ai seulement donné à boire quelques

---

* Nouer l'aiguillette : rituel magique par lequel on espérait empêcher les nouveaux époux de consommer le mariage en faisant des nœuds dans une cordelette tout en récitant des formules magiques pendant la cérémonie nuptiale.

herbes bouillies pour faciliter son accouchement. Malgré tous mes efforts, le malheureux enfant est mort-né.

Désemparé, François regarda Catherine, puis Marguerite.

— Ces gens sont fous! chuchota-t-il. Ils déforment tout! Elle voulait seulement aider ces pauvres gens. Elle n'a rien fait de mal!

— Chut! fit Marguerite. Sinon, tu vas finir par subir un procès, toi aussi. Ces gens-là n'entendent pas à rire et ils n'auraient aucun scrupule à condamner un enfant.

Le procureur poursuivait inlassablement ses accusations, un index accusateur pointé vers Perrine.

— Niez-vous avoir maléficié* monsieur François Blondeau, cabaretier en cette ville, lui causant des pertes financières considérables et nuisant ainsi à son établissement?

— Non! Non! Non!!! Je n'ai rien fait de mal! hurla Perrine, les larmes lui inondant le visage. Blondeau est un ivrogne qui boit ses profits! Toute la ville sait ça!

* Maléficier: jeter un maléfice, un sort à quelqu'un.

— Niez-vous que, sous des couverts de sage-femme, vous fassiez l'œuvre du Diable en cette ville ? hurla le procureur pour couvrir les pleurs de Perrine.

Perrine se tut et se fit toute petite sur son banc des accusés. Le procureur se tourna vers le lieutenant civil et criminel, qui suivait maintenant les procédures avec beaucoup plus d'attention. Dans la salle comme à l'extérieur régnait un silence de mort.

— Monsieur le lieutenant, je demande à passer à la confrontation.

— Que l'on fasse entrer les témoins, ordonna le lieutenant.

Au fond de la pièce, la porte s'ouvrit. À la file indienne, Mathurin Villeneuve, Marie-Anne Charpentier, Louis Pontonnier, Louise Gadbois, Lucie Rolland et François Blondeau pénétrèrent dans la salle. Perrine les fusilla du regard. Tous gardaient fixement les yeux au sol, l'air embarrassé. Le premier, Villeneuve, prit place devant le procureur, son chapeau entre les mains. François le reconnut aussitôt. Cet homme s'était présenté à plusieurs reprises à la maison. À la demande de Perrine, François était sorti chaque fois qu'il était venu. Une fois, de l'extérieur, il avait même entendu l'homme monter le ton avant de sortir en coup de vent et de s'éloigner en grommelant. Perrine avait toujours fait de son mieux pour lui cacher son émoi, mais François savait bien que les visites de cet homme la troublaient.

Villeneuve se présenta à la barre des témoins. Son capot et son pantalon de serge grise n'arrivaient pas à cacher sa maigreur. La tête dégarnie, le nez long, la bouche partiellement édentée, le dos voûté, l'homme rappelait un vautour aux aguets.

— Veuillez décliner votre identité et votre état, dit le procureur.

— Mathurin Villeneuve, journalier, répondit l'homme d'une voix assurée.

— Mathurin Villeneuve, reprit le procureur, maintenez-vous vos accusations contre Perrine Morel, ici présente ?

Villeneuve se retourna vers Perrine.

— Oui. Absolument. Cette femme m'a ensorcelé.

— Pourriez-vous expliquer à cette cour la nature de cet ensorcellement ?

— Facile, reprit Villeneuve. Je connais la Morel depuis quelques années déjà. Comme elle est veuve, je lui ai proposé de l'épouser. Pour son propre bien, évidemment. Vous comprenez... une femme de bonnes mœurs ne reste pas toute seule, comme ça, sans mari, pour élever un enfant.

— Et ladite Morel a refusé ?

— Si elle a refusé ! Elle m'a dit qu'elle ne voulait pas de mari et qu'elle n'en voudrait jamais. La dernière fois, elle m'a chassé de chez elle et m'a ordonné de ne plus revenir. Comme si j'étais un mendiant !

— Avez-vous obtempéré ?

— Pour sûr ! Surtout qu'elle avait l'œil mauvais et qu'elle me faisait franchement peur. Je suis sorti et, en me retournant, je l'ai vue tendre deux doigts vers moi.

— C'est faux ! hurla Perrine. Je n'ai rien fait de tel ! J'ai perdu patience ! Rien de plus !

Le lieutenant civil et criminel devint rouge de colère et frappa un grand coup sur sa table.

— Silence ! Accusée, n'interrompez point le témoignage !

Perrine se tut, non sans que la colère et l'indignation la fissent respirer bruyamment.

— Pour le bénéfice de cette cour, reprit calmement le procureur en se tournant vers le lieutenant civil et criminel, permettez-moi de préciser que tendre deux doigts vers quelqu'un est la façon dont les sorciers jettent le mauvais œil.

Un murmure traversa la foule. Le procureur revint vers Villeneuve.

— Croyez-vous que c'est à ce moment-là qu'elle vous a ensorcelé ?

— Ça, c'est certain. À partir de ce jour-là, j'ai été affligé de terribles maux d'entrailles et, plus d'une fois, j'ai bien cru être à l'article de la mort. Et puis, la nuit, je voyais des choses horribles. Des démons sont venus me tourmenter, me soumettant aux tentations les plus repoussantes.

— Êtes-vous toujours souffrant ?

— Non. Depuis son arrestation, tout a cessé.

La foule émit de nouveaux chuchotements.

— Cette femme est une sorcière ! cria Villeneuve en pointant Perrine du doigt dans un geste théâtral. Une sorcière !

— Merci, dit le procureur. Vous pouvez disposer.

Villeneuve se leva et se dirigea vers la sortie. L'espace d'un instant, François, Catherine et Marguerite eurent l'impression d'apercevoir sur son visage un petit sourire satisfait. Les gens pouvaient être si méchants parfois.

— Avez-vous vu ça? chuchota Catherine. Il avait l'air bien content de lui-même, ce brigand.

— Mademoiselle, fit Marguerite, l'œil sévère. Surveillez votre langage.

— Ils doivent bien voir que cette canaille a tout inventé! C'est évident!

— Hélas! dit Marguerite en regardant le lieutenant civil et criminel, qui s'affairait à prendre des notes, je n'en suis pas si sûre.

À tour de rôle, pendant les heures qui suivirent, le procureur appela les autres témoins, qui maintinrent leurs déclarations avant de quitter la salle en évitant le regard de Perrine. Une fois le dernier témoin excusé, le procureur déposa avec pompe un document sur la table du lieutenant.

— Monsieur le lieutenant civil et criminel, au vu et au su de la preuve irréfutable présentée devant vous, je vous présente mes conclusions définitives en regard de cette cause et vous demande respectueusement de bien vouloir prononcer sentence.

Le lieutenant hocha gravement la tête, consulta brièvement le document et s'éclaircit la voix.

— Très bien, monsieur le procureur.

Il se tourna vers Perrine.

— Accusée, veuillez vous lever, ordonna-t-il.

Perrine obéit, l'air abattu. Elle en avait assez entendu pour comprendre qu'elle ne s'en sortirait pas. Elle se retourna vers la foule et jeta à son fils un regard résigné. La gorge serrée par l'angoisse, François saisit la main de Catherine qui, trop prise par le cours des événements, ne pensa même pas à s'en indigner. Le lieutenant civil et criminel toisa la foule d'un air supérieur, se racla solennellement la gorge et s'adressa à Perrine.

— À la lumière de la preuve présentée devant nous, et compte tenu de votre obstination à nier les faits amenés contre vous par des témoins de bonne foi et de bonnes mœurs, nous n'avons d'autre choix que de vous déclarer coupable du crime de sorcellerie dont vous êtes accusée. En conséquence, nous vous condamnons à être conduite par le bourreau sur le parvis de l'église paroissiale de Notre-Dame de Montréal en cette ville de Montréal, pieds nus et en chemise, avec devant, sur la poitrine, et derrière, sur le dos, un écriteau disant « profanatrice de choses saintes », et portant à la main une torche de cire ardente pesant deux livres, pour y faire amende honorable en déclarant à voix haute et intelligible avoir profané Notre Seigneur et Sa parole par vos ensorcellements et maléfices.

François ne parvint pas à réprimer un sanglot. Marguerite lui passa le bras autour des épaules et le serra affectueusement contre elle. Le lieutenant continua.

— Nous vous condamnons aussi à être fustigée* publiquement de vingt coups de fouet sur la place d'Armes.

* Fustiger : fouetter à coups de verge.

N'y tenant plus, François se leva d'un bond. Il allait crier lorsque Catherine et Marguerite le saisirent et le retinrent.

— Silence! cracha Marguerite. Sinon, tu vas y passer toi aussi!

Le lieutenant regarda un moment en direction de François et soupira avec impatience avant de poursuivre.

— Nous vous condamnons enfin à la saisie de votre propriété, prisée et estimée à cent livres, ladite propriété devant être transmise en totalité et de plein droit à Mathurin Villeneuve à titre de réparation pour le crime dont il a été la victime, afin qu'il puisse la vendre et en tirer dédommagement. Cette sentence est sans appel et sera exécutée demain matin, à neuf heures.

Sur ce, le lieutenant se leva et sortit. Les deux soldats s'approchèrent aussitôt de Perrine et la saisirent par les bras pour la ramener à son cachot. Ses jambes la supportaient à peine et il fallait qu'ils la soutiennent. Avant de franchir la porte, elle se retourna vers François et lui lança un regard plein de désespoir. Elle lui sourit faiblement avant de disparaître, entraînée par les gardes. Au même moment, la foudre illumina le tribunal et un grand coup de tonnerre retentit. Dehors, l'orage se déchaîna.

Dans la rue, malgré la pluie battante, la foule était toujours amassée devant la prison et discutait ferme. Les gens qui avaient eu le privilège d'assister aux procédures informaient avec enthousiasme les habitants qui s'agglutinaient autour d'eux pour tout savoir. Les témoins devenaient de véritables vedettes. Chacun se les arrachait pour leur poser une ou deux questions sur les ensorcellements terribles dont ils avaient été victimes. Un peu à l'écart, le notaire Desmarais, oubliant pour un moment son rang, discutait ferme avec Mathurin Villeneuve.

François se détourna avec dégoût. Il était deux heures de l'après-midi. Le procès était terminé. Sa mère allait être humiliée, fouettée et dépossédée de ses biens. En trois heures à peine, sa vie venait de basculer de la simple pauvreté vers la misère.

* * *

Sur le chemin du retour, malgré les encouragements maladroits de Catherine et de Marguerite, François ne dit mot. Perdu dans ses pensées, il échafaudait les scénarios les plus catastrophiques. Sa mère et lui allaient-ils être pris en charge par le Bureau des pauvres, cette institution royale qui les traiterait comme des fainéants et qui, sous couvert de charité, les forcerait à travailler jusqu'à la limite de leurs forces ? Le placerait-on en apprentissage chez un artisan pour qu'il se trouve un métier ? Allait-on plutôt le confier à des religieuses ? Sa mère et lui deviendraient-ils simplement des mendiants ? François broya du noir jusque chez les Deschambault.

4

JEAN-BAPTISTE MOREL, MARCHAND DE FOURRURES

Le petit groupe arriva à la maison un peu avant trois heures de l'après-midi. Madame Deschambault attendait les jeunes gens, visiblement inquiète.

— Alors, Marguerite? s'enquit-elle. Comment cela s'est-il déroulé?

En se gardant soigneusement de mentionner la présence de Catherine, la domestique relata à sa maîtresse le procès et son triste aboutissement.

À défaut de pouvoir le consoler, on passa le reste de l'après-midi à entourer François de toutes sortes d'attentions. Madame Deschambault tenta de le réconforter et l'embrassa même sur la joue, ce qui aurait été impensable pour elle la veille encore. Marguerite lui servit, sur une épaisse tranche de pain, une confiture de citrouille qu'elle avait confectionnée voilà quelques jours. Mais François n'avait pas d'appétit et n'y toucha pas. Catherine, elle, resta près de lui en silence, ne sachant que dire.

François étouffait sous toute cette attention. Il éprouvait le besoin d'être seul avec sa tristesse. Il se leva subitement, saisit son paletot et se dirigea vers la porte.

— François! cria Catherine. Où vas-tu? Attends-moi!

Le jeune garçon s'arrêta dans l'embrasure de la porte.

— S'il vous plaît, mademoiselle, laissez-moi seul, dit-il d'une toute petite voix.

Il sortit sans se retourner.

* * *

La pluie avait cessé. François erra sans but précis dans les rues de Montréal. Autour de lui, la vie suivait son cours normal. Il descendit la rue Saint-Paul jusqu'à la rue Saint-Joseph et remonta vers la place d'Armes. Déjà, deux ouvriers s'affairaient à ériger sur une plate-forme un poteau de bois massif auquel, demain, on attacherait sa pauvre mère pour la fouetter. Il imaginait la foule qui se délecterait de l'événement, comme c'était toujours le cas lors des châtiments publics. On l'insulterait, on l'humilierait. Si elle survivait à son châtiment, elle en ressortirait à jamais brisée. Ils se retrouveraient tous deux au ban de la société.

Sans qu'il s'en rende vraiment compte, ses pas le conduisirent vers le Château Ramezay, là où, hier encore, il trouvait refuge. Sous les nuages chargés de pluie froide, la nuit d'octobre s'annonçait. Au loin, les cloches d'une église sonnèrent les six heures du soir. François traversa la clôture, se dirigea vers le jardin et s'assit sur le petit banc de bois, espérant y retrouver un peu du réconfort qu'il avait ressenti lorsque Catherine avait accepté de l'écouter et qu'elle l'avait si gentiment aidé. À l'intérieur, la faible lumière d'une lampe éclairait le bureau de monsieur Deschambault, qui était encore au travail. Dans la fenêtre, deux ombres se profilaient, l'une assise derrière le bureau, l'autre dans le grand fauteuil.

François se frotta le visage et soupira. Il prit sa pipe en plâtre dans la poche de son paletot, retira de sa blague en cuir le peu de tabac qui lui restait, la bourra et l'alluma. Fumer la pipe l'aidait toujours à réfléchir. Il tira une bouffée et inspira profondément. La fumée âcre lui remplit les poumons. Le cours de sa vie lui glissait entre les doigts. Comment était-il possible que sa mère, qui menait une vie simple et rangée voilà encore trois semaines, soit maintenant considérée comme une sorcière? Pour la centième fois depuis l'après-midi, il repassa le procès dans sa tête. Pourquoi ces gens avaient-ils accepté de témoigner contre Perrine Morel? Pourquoi ce Mathurin Villeneuve avait-il déposé une accusation aussi ignoble contre sa mère? Ne savait-il donc pas qu'elle était honnête et pieuse? Jusqu'à voilà quelques heures, François ignorait même que Villeneuve avait demandé à sa mère de l'épouser. Si son père savait cela!

Son père. François ne gardait qu'un vague souvenir de Jean-Baptiste Morel, mort alors que lui-même n'avait que sept ans. Il gardait en mémoire l'image d'un homme solidement bâti, à la mâchoire carrée, à l'allure altière et au sourire facile, qui l'avait souvent fait sauter sur ses genoux. Ce qu'il en savait lui venait surtout de sa mère, qui s'était assurée qu'il ne l'oublie pas. Son père avait été un homme assez prospère. À force de travail, il avait réussi à s'établir comme marchand. Bien sûr, il ne figurait pas parmi les plus fortunés de la colonie, mais il gagnait bien sa vie. Il avait même acheté une jolie maison de pierre à deux étages rue Saint-Joseph, non loin de l'Hôtel-Dieu des bonnes religieuses hospitalières. François se rappelait à peine cette demeure. Les images qui lui en revenaient s'apparentaient un peu à celles qu'il avait de la maison des Deschambault, quoique beaucoup moins luxueuses.

Un jour, tout s'était effondré sans avertissement. On avait retrouvé Jean-Baptiste Morel, un matin d'octobre 1749, gisant sans vie derrière la taverne où il allait parfois boire un pot. Un chirurgien avait examiné le corps et, même si des rumeurs d'assassinat avaient couru dans Montréal, il avait déclaré qu'il s'agissait d'une mort de causes naturelles, faute de preuves du contraire.

Comme Perrine ne savait ni lire ni écrire, le notaire Desmarais lui avait fait lecture du testament. Il lui avait annoncé, l'air grave et sentencieux, la terrible nouvelle : son mari ne lui laissait pratiquement rien. Pis encore, il avait d'énormes dettes dont elle n'avait jamais rien su. Pourtant, Jean-Baptiste Morel avait toujours affirmé fièrement que ses affaires allaient bon train et que, si jamais Dieu décidait de le rappeler à lui, sa famille n'en souffrirait pas. En riant, il désignait alors du doigt une petite gravure qui représentait le ministre Colbert, qu'il avait accrochée au mur de la salle à manger. Il leur disait, toujours avec le plus grand sérieux, que monsieur Colbert en personne veillait sur eux et qu'ils ne manqueraient jamais de rien. Mais, au fond, ce n'était qu'une blague.

Consternée, Perrine avait vu apparaître une foule de créanciers, des fournisseurs auxquels Jean-Baptiste avait acheté à crédit des marchandises de traite qu'il devait payer lorsque ses voyageurs reviendraient de l'intérieur des terres. Pour se rembourser ce qui leur était dû, ils avaient saisi la maison, les meubles et presque tout le reste. Perrine avait réussi à conserver tout juste assez d'argent pour acheter la petite maison où elle vivait pauvrement depuis lors avec son fils.

* * *

Il faisait nuit maintenant. Seul dans le jardin du Château, François frissonna. Allait-il retourner chez les Deschambault et abuser de leur hospitalité ou simplement se recroqueviller dans le buisson? Il débattait de la question lorsque la porte du Château s'ouvrit. Dans la pénombre, il vit monsieur Deschambault et un autre homme sortir. Après des salutations polies, l'homme ajusta son tricorne* sur sa tête, franchit la porte de la clôture et disparut bientôt dans la rue Notre-Dame. Deschambault mit la tête dans l'embrasure de la porte.

— Bonne nuit, Mathieu! cria-t-il au gardien de nuit de la Compagnie. Essayez de ne pas vous endormir!

* Tricorne: chapeau à trois bords.

J'aimerais bien revoir toutes ces marchandises au matin! lança-t-il en riant.

— Ne craignez rien, monsieur, répondit une voix à l'intérieur. Je veille!

Deschambault referma la porte du Château et sortit de sa poche une grosse clé de fer qu'il introduisit dans la serrure. Une fois la porte bien verrouillée, il s'engagea dans le jardin, en direction de la rue. En quelques minutes, il serait chez lui. Il inspecta une dernière fois les alentours, à la recherche d'éventuels rôdeurs. Ces temps-ci, on n'était jamais assez prudent. Il allait quitter lorsque, du coin de l'œil, il aperçut au fond du jardin la lueur rougeâtre d'une pipe dans la nuit.

— Qui va là? demanda-t-il avec autorité. Ceci est une propriété privée.

— C'est moi, monsieur, répondit une petite voix. François Morel.

Deschambault cligna des yeux et aperçut le jeune garçon, assis sur le banc.

— François? Que fais-tu donc là, mon petit? Je te croyais à la maison avec les autres.

— Non, monsieur...

Deschambault s'approcha. À la grande surprise de François, il s'assit près de lui.

— Des clients m'ont parlé du procès, dit-il avec douceur. C'est la grosse histoire en ville, aujourd'hui. Tu dois être bien triste.

— Oui, monsieur, répondit François en reniflant.

— Tu sais, on ne refait pas le passé, continua Deschambault en lui mettant une main sur l'épaule. Il faut vivre pour le présent et pour l'avenir.

— Qu'est-ce qu'il me reste, à moi, comme avenir, monsieur ? demanda François en regardant son interlocuteur droit dans les yeux.

L'agent de la Compagnie des Indes ne sut quoi répondre. Mal à l'aise, il regarda autour de lui.

— Il fait froid. Viens. Rentrons nous réchauffer un instant avant de retourner à la maison.

François tapa légèrement sa pipe contre le banc pour la vider des cendres qui y restaient encore et la remit dans sa poche. Ils se dirigèrent vers le Château. Monsieur Deschambault déverrouilla la porte et ils entrèrent.

— Qui est là ? retentit une voix provenant du fond du bâtiment.

— Ce n'est que moi, Mathieu, répondit Deschambault. Je n'en ai que pour un moment.

— Oh ! pardonnez-moi, monsieur, lança avec embarras le gardien de nuit dont la silhouette se profilait au loin.

Le receveur de la Compagnie des Indes se dirigea vers l'une des cheminées, où rougeoyaient encore les braises d'un feu qui s'éteignait tranquillement. Il y alluma une brindille et se dirigea vers un chandelier en argent. Bientôt, la lumière vacillante d'une chandelle éclaira la pièce. Deschambault s'adossa contre des caisses de marchandises.

— Tu dois être bien triste, mon petit. C'est difficile d'apprendre qu'une personne que l'on chérit n'est pas celle que l'on croyait.

— Mais elle est innocente, monsieur ! explosa François. Je le sais ! Ma mère est une personne pieuse. Jamais elle ne ferait une chose pareille.

François ravala ses larmes et poursuivit.

— Si mon père n'était pas mort, rien de tout cela ne serait arrivé. Mathurin Villeneuve n'aurait pas demandé ma mère en mariage. Elle ne se serait pas fâchée et elle ne l'aurait pas envoyé au Diable.

— Te souviens-tu un peu de ton père? demanda Deschambault pour changer le sujet de la conversation. Comment s'appelait-il?

— Jean-Baptiste Morel, monsieur.

Deschambault releva le sourcil, songeur.

— Hmmmm... Ce nom me dit vaguement quelque chose. Qu'est-ce qu'il faisait dans la vie?

— Euh... Je crois qu'il achetait des fourrures aux voyageurs.

— Vraiment?

Fouillant dans ses souvenirs, Deschambault se tapota la lèvre supérieure avec l'index.

— Oui, oui... Morel... Ça me revient maintenant. Viens avec moi. J'aimerais vérifier quelque chose.

Deschambault saisit le chandelier et, protégeant la flamme d'une main, il se dirigea vers son bureau, suivi de

François. Il s'assit à sa table de travail, prit un grand livre de comptes relié en cuir au milieu d'un rayon de la bibliothèque et l'ouvrit. Son doigt descendit rapidement le long des pages couvertes d'une fine écriture. Il était visiblement à la recherche de quelque chose de précis. Il tourna ainsi plusieurs pages pendant que François se tenait timidement dans l'embrasure de la porte.

— Voilà ! s'écria tout à coup Deschambault.

Il releva la tête vers François, l'air satisfait.

— Approche, petit.

François s'exécuta et rejoignit Deschambault derrière la table.

— Tu vois, là ? demanda l'agent de la Compagnie, l'index posé au début d'une ligne. C'est ton père.

— Mon père ? répéta François, abasourdi. Mais que fait-il dans ce livre ?

— Il s'agit du registre de comptes de la Compagnie des Indes pour les années 1748 et 1749. Comme tous les marchands de fourrures, ton père faisait affaire avec la Compagnie. Les marchands de la colonie ont le droit de vendre leurs fourrures eux-mêmes, mais ils doivent payer à la Compagnie une taxe sur les peaux de castor et d'orignal. Ensuite, la Compagnie les transporte elle-même en France. Le registre indique que ton père a versé ces taxes en 1748. Il l'a sans doute fait aussi les années précédentes.

Deschambault se mit à feuilleter rapidement le registre à reculons.

— Là. Et encore là. J'ai enregistré le paiement de ses taxes chaque année jusqu'en 1748.

— Alors, vous connaissiez mon père ?

— Connaître, connaître... Voilà un bien grand mot. Disons que je commerçais avec lui.

— Comment était-il ?

— Du peu que je me rappelle, ton père était un homme honnête. Ses peaux étaient toujours d'excellente qualité. Un homme assez prospère, aussi, il me semble. Il faisait de très bonnes affaires.

Tout en parlant, Deschambault continuait à examiner le registre.

— Tiens, dit-il. Je vois ici qu'en 1747 ton père avait même réussi à acheter quelques actions de la Compagnie. Ce n'est pas rien pour un petit marchand. Ses affaires devaient très bien se porter. J'ignore pour quelle somme il en possédait, mais tu as de quoi être fier, mon garçon.

— Pourtant, ma mère m'a dit qu'il ne nous avait pratiquement rien laissé.

— Vraiment ? Alors, il les aura revendues. C'est pratique courante dans le grand commerce. Voyons voir...

Deschambault se remit à fouiller dans le registre.

— Effectivement, il avait investi un montant considérable dans l'expédition qu'il avait montée en 1749. Il avait acheté à crédit des marchandises de traite et devait les échanger plus tard contre les fourrures. On parle d'une grosse somme. Plus de deux mille livres. Il a probablement encaissé ses actions pour financer tout ça.

Deschambault continua à lire et fronça les sourcils.

— Comment s'appelle l'homme qui a dénoncé ta mère, déjà ? demanda Deschambault sans quitter le registre des yeux.

— Euh... Villeneuve. Mathurin Villeneuve.

— Tiens donc. Que voilà un étrange concours de circonstances... Ce Villeneuve a déjà été voyageur. Il a même travaillé pour ton père en 1748. Il me semble me rappeler qu'il l'a ensuite congédié. Ce n'est pas étonnant. Cet individu est un bien sombre personnage, si tu veux mon avis. Pas très ardent au travail, mais toujours prompt à réclamer son dû pour aller le boire au cabaret.

— Qu'est-ce que c'est un voyageur, monsieur ?

— Le voyageur est celui qui va dans les bois chercher les fourrures auprès des Amérindiens. Auparavant, on les appelait des coureurs des bois. C'est ce qu'a fait Villeneuve pour ton père cette année-là.

Deschambault referma le registre et le rangea dans une grande armoire en chêne.

— Allez, viens, petit. Il se fait tard. Allons manger.

Ils ressortirent ensemble du Château et se hâtèrent vers la maison, où les attendait un souper pour lequel François n'éprouvait pas le moindre appétit.

5

À LA LUEUR D'UNE LANTERNE

Il fallait s'y attendre : le souper fut sinistre. Les Deschambault étaient mal à l'aise et François, lui, jouait tristement dans son ragoût de porc avec une belle fourchette en argent, le menton appuyé dans la main. Tout au long du repas, il demeura silencieux, se contentant de laisser échapper un soupir de temps à autre. Autour de lui, les autres convives ne firent guère mieux.

Une fois le repas terminé, Marguerite desservit la table et tous se retirèrent peu à peu dans leur chambre, non sans que madame Deschambault ait d'abord délicatement posé une caresse sur la joue de François.

— Garde espoir, pauvre petit. Les voies de Dieu sont impénétrables. On ne comprend pas toujours pourquoi Il nous éprouve, mais il ne faut jamais perdre la foi. Ce soir, je prierai saint Jude, le patron des désespérés. Il t'aidera certainement.

Pour toute réponse, François lui fit un petit sourire accablé. Il ne voyait vraiment pas comment un saint, du haut des cieux, pourrait aider sa pauvre mère. Mais il se garda bien de le dire pour ne pas indisposer son hôtesse. Catherine, elle, s'attarda un instant après que tout le monde fut parti. Ensemble, ils accompagnèrent Marguerite à la cuisine, où elle devait installer la paillasse de François près du poêle qu'elle remplit de bois pour la nuit. François sortit sa pipe, la bourra et enflamma une brindille dans le poêle. Il se laissa lourdement tomber sur une chaise et mit ses coudes sur la table. Songeur, il alluma sa pipe et tira plusieurs bouffées, laissant échapper d'épaisses volutes de fumée qui virevoltèrent lentement vers le plafond.

— Aimerais-tu que je reste un peu avec toi? demanda Catherine.

— Vous êtes gentille, mais cela ne servirait à rien.

— Allez vous coucher tranquille, mademoiselle, suggéra Marguerite en tirant la paillasse qu'elle ramenait de sa chambre. Je suis juste à côté si notre pauvre jeune homme a besoin de quoi que ce soit, ajouta-t-elle d'un ton maternel.

— Bonsoir, alors, fit Catherine, l'air triste, avant de tourner les talons.

Elle allait franchir la porte de la cuisine lorsque François l'interpella.

— Mademoiselle ?

— Oui ?

— Saviez-vous que monsieur votre père connaissait mon père ?

— Non, répliqua Catherine, surprise. Remarque, quand on y pense, ce n'est guère étonnant. Mon père connaît tout le monde.

— Il m'en a dit beaucoup de bien.

— Vraiment ? J'en suis ravie pour toi. Ça a dû te soulager un peu.

— Oh oui, mademoiselle. Et, en même temps, j'en ai été fort attristé.

— Comment cela ?

Catherine revint vers la table de la cuisine, tira une chaise et s'assit. Marguerite vint les rejoindre.

— Eh bien, c'est que... j'ai compris à quel point la situation serait différente si mon père était encore vivant. Ma mère et moi nous serions sans soucis, heureux. Personne ne dénonce les riches pour sorcellerie. Vous et votre famille, vous serez toujours à l'abri d'une telle horreur, mademoiselle.

François ravala un sanglot. Gênée, Catherine regarda Marguerite, qui se contenta de hausser les épaules avec impuissance.

— Je sais, mon pauvre François. Je sais, finit-elle par murmurer.

Un silence lourd et gênant s'installa autour de la table.

— Quel gâchis ! soupira Marguerite en se frottant le visage à deux mains. Quel affreux gâchis !

— Avec le jugement prononcé cet après-midi, soupira François, ma mère et moi ne possédons plus rien. Villeneuve va revendre notre maison et tout ce qu'elle contient. C'est si injuste !

— Ne crains rien, dit Catherine. Mon père ne t'abandonnera pas. Il va s'assurer que l'on prendra bien soin de toi et de ta mère.

— Je sais bien, mademoiselle. Et je ne mérite pas tant de bonté. Mais il est si difficile de m'imaginer que je n'ai plus de chez-moi. Nous avons bien peu de choses, ma mère et moi, mais...

Les yeux de François s'emplirent d'eau et il ravala un nouveau sanglot.

— On nous arrache même les quelques souvenirs qui nous restaient de mon père. Son petit encrier de porcelaine, son gobelet d'étain, son petit portrait de monsieur Colbert...

Il contempla le fourneau de sa pipe, puis sourit tristement en tirant une nouvelle bouffée.

— Mon père disait toujours que ce portrait nous protégerait, cracha-t-il avec dépit. Il affirmait que monsieur Colbert lui-même veillait sur nous. S'il avait su...

La colère qui s'accumulait en lui explosa tout à coup. François frappa un grand coup de poing sur la table.

— Sacrebleu! On nous a tout pris! Tout!

— Calme-toi, mon petit, murmura Marguerite avec tendresse en lui caressant l'épaule. T'échauffer ainsi les sangs ne te mènera à rien.

François se leva. Il ouvrit un des ronds du poêle et y secoua sa pipe, qu'il remit ensuite dans la poche de sa chemise. Puis il saisit son paletot, l'enfila et se retourna vers Catherine et Marguerite, l'air décidé.

— J'irai en enfer avant de laisser vendre les objets de mon père! Je retourne les chercher! Ils pourront toujours vendre ce qui reste!

Les yeux de Catherine s'agrandirent.

— Quoi? Que dis-tu là? fit-elle, stupéfaite. Il fait nuit noire.

François ne répondit rien. Déjà, il enfilait ses souliers de bœuf.

— Voyons, mon pauvre petit, tu n'y penses pas! ajouta Marguerite. As-tu même idée de la racaille qui court la rue, la nuit, dans ces quartiers de la ville?

— Probablement autant que vous, madame. Et puis, de toute façon, que me reste-t-il à perdre?

Catherine se leva.

— Puisqu'il en est ainsi, nous t'accompagnerons, déclara-t-elle avec détermination, les poings bien campés sur les hanches.

— Mademoiselle! Vous n'y pensez pas! s'indigna Marguerite, en couvrant sa bouche d'une main.

— Que si ! Va t'habiller, ordonna-t-elle à la domestique. Quant à toi, ajouta-t-elle à l'intention de François, vers lequel elle brandissait un doigt autoritaire, tu ne bouges pas d'un poil avant que je revienne ! Entendu ?

— Euh... Oui, mademoiselle.

La jeune fille tourna les talons et franchit d'un air décidé la porte de la cuisine. Le bruit de ses pas impérieux s'éloigna. Marguerite, elle, se rendit dans sa chambre en grommelant. Elle en ressortit presque aussitôt, sa jupe et sa chemise de lin recouvertes de son gros châle de laine, sa coiffe sur la tête. Elle prit sur le dessus de l'armoire une lanterne en tôle, alluma la chandelle qu'elle contenait puis la referma. Par les fentes pratiquées sur les quatre faces s'échappait une faible lumière qui leur permettrait tout juste de voir quelques pas devant eux.

Catherine les rejoignit aussitôt, vêtue d'une robe de laine épaisse qu'elle portait habituellement pour jardiner. Elle drapa sa pèlerine sur ses épaules.

— Alors ? On y va ? demanda-t-elle en entrouvrant la porte.

— Cette petite a perdu l'esprit, c'est certain, marmonna Marguerite pour elle-même en emboîtant le pas aux deux enfants. C'est monsieur qui va être furieux lorsqu'il apprendra que je la laisse se balader ainsi la nuit. Je vais en perdre ma position, pour sûr. Je vais me retrouver à la rue, comme Perrine Morel, tiens.

— Tu disais, Marguerite? demanda Catherine en se retournant, du feu dans les yeux.

— Rien, mademoiselle. Je ne disais rien du tout.

Ensemble, ils sortirent dans la nuit. La lanterne tendue au bout du bras, Marguerite prit les devants.

* * *

La nuit, le visage de Montréal était bien différent. Catherine, Marguerite et François descendirent la rue Saint-Paul puis remontèrent vers la place d'Armes. François frissonna en apercevant, à la clarté de la lune, le poteau, maintenant bien planté sur une plate-forme au centre de la place publique, prêt à recevoir la condamnée. Ils reprirent la rue Notre-Dame et se rendirent jusqu'à la hauteur de la porte de Saint-Laurent. Au lieu des résidences cossues auxquelles Catherine était habituée, de petites maisons basses s'alignaient le long des rues boueuses et nauséabondes. Dans un coin sombre entre deux maisons, deux hommes d'allure douteuse les observaient d'un œil mauvais. L'un d'eux, qui dégageait une odeur fétide d'alcool et de dents gâtées, s'approcha de Marguerite et, sans autre forme d'introduction, tenta de lui baiser le cou.

— Alors, ma petite, ricana-t-il en serrant brutalement la domestique dans ses bras. On cherche de la compagnie? Tu veux faire passer un bon moment à Antoine?

Marguerite le repoussa et fit mine de lui appliquer un coup de lanterne, sous les regards stupéfaits des deux enfants.

— Dis donc! s'écria l'homme en reprenant son équilibre. Elle est rétive, la petite! Faudrait pas t'imaginer que tu vaux mieux que les autres juste parce que tu es servante chez les riches!

— Ne restons pas ici, dit Marguerite, hâtant le pas et poussant les enfants devant elle.

Au fil des rues, du brouhaha s'échappait des nombreuses tavernes.

— Qu'est-ce qui se passe là-dedans ? demanda Catherine, naïvement, en s'arrêtant devant un de ces établissements d'où émanaient des cris enjoués.

— C'est le cabaret de la mère Duclos. Tout le monde le connaît, répliqua François, incrédule. Ce n'est pas un endroit très recommandable.

— Allez, avancez, intima Marguerite, qui n'aimait guère savoir les deux enfants à proximité d'un tel lieu de perdition.

Avant qu'ils aient pu s'éloigner, la porte s'ouvrit et un homme fut violemment projeté sur le sol. Autour de lui, des cartes à jouer virevoltèrent avant d'atterrir dans la boue. De l'intérieur fusaient des rires gras. Un soldat surgit, visiblement ivre. Titubant, il se dirigea vers celui qui était toujours au sol, l'air agressif.

— Canaille ! Je vais t'apprendre, moi, à essayer de me filouter*. Tricheur !

---

* Filouter : escroquer.

Le soldat appliqua à l'homme un violent coup de pied dans les côtes, puis un autre, et un autre encore, ponctuant chaque coup d'une nouvelle insulte. Au sol, l'homme se protégeait de son mieux en gémissant.

— Bougre de coquin! Cochon! Gueux! Maraud!

Entre-temps, les clients du cabaret s'étaient massés devant la porte grande ouverte et encourageaient le soldat en riant à gorge déployée.

— Allez, Turlupine! Fais-lui voir des étoiles!

Dans l'ombre d'une ruelle, non loin de là, on pouvait entrevoir, enlacés, un autre soldat et une femme de mauvaise vie.

— C'est par ici, dit François d'une voix inquiète.

Sans regarder derrière, ils pressèrent le pas dans les rues sombres, étroites et tortueuses où s'avançaient des maisons mal alignées et des galeries qui empiétaient sur les rares trottoirs de bois.

* * *

Ils arrivèrent bientôt devant la maison de Perrine Morel. Il s'agissait d'une petite masure basse et bien piteuse à un seul étage, aux murs de pierre blanchis à la chaux, derrière laquelle on pouvait entrevoir la muraille et la porte de Saint-Laurent, une des huit grandes portes qui reliaient la ville fortifiée à ses faubourgs. Les quelques fenêtres de la maison, petites et sans rideaux, dans lesquelles du papier imbibé d'huile tenait lieu de verre, étaient sombres. Depuis trois semaines, elle était vide. François eut un pincement au cœur qui fut presque aussitôt remplacé par l'étonnement : la porte était entrouverte.

— Regardez-moi ça, nota Marguerite avec désapprobation. Les soldats n'ont même pas daigné verrouiller la porte. N'importe qui peut entrer.

— Mais elle était verrouillée, la porte, répliqua François. J'en suis certain. Lorsque les soldats ont emmené ma mère, l'huissier est resté derrière pour s'en assurer. Je m'en souviens très bien.

Prudemment, François s'approcha, suivi de près par Marguerite et

Catherine. Il ouvrit complètement la porte entrebâillée et entra.

Derrière lui, la lanterne de Marguerite projetait une lumière un peu lugubre. Tout était sens dessus dessous. Quelqu'un avait tout saccagé. La vieille paillasse sur laquelle François et sa mère dormaient avait été éventrée et son contenu de paille et de retailles de tissu était éparpillé sur le sol. La petite table bancale en pin avait été retournée et ses pattes, arrachées. Les deux chaises à fond de paille avaient été fracassées contre les murs. Les tiroirs de la petite commode avaient été vidés de leur maigre contenu et lancés aux quatre coins de la pièce. Le lave-mains reposait sur le côté. Le vieux pot à eau et le bassin en faïence blanche étaient en miettes sur le plancher de grosses planches. Au pied du mur, le petit portrait gravé de Colbert gisait face vers le haut, lacéré, son cadre détruit. Le célèbre ministre, lui, semblait observer la scène avec le plus parfait détachement.

Dehors, la pluie avait cessé et le ciel commençait à s'éclaircir, laissant filtrer un peu la lumière de la lune. Marguerite se mouilla les doigts et pinça la mèche de la chandelle. Surpris, François se retourna. Catherine, elle, échappa un petit cri de stupeur.

— Cela vaut mieux ainsi, expliqua la domestique. La lumière pourrait attirer l'attention.

Abasourdis, ils restèrent à regarder autour d'eux, ne sachant que penser, leur regard se portant d'un endroit à l'autre.

— Qu'est-ce que c'est? demanda tout à coup Catherine en pointant le sol du doigt.

— Quoi, au juste, mademoiselle?

— Ce papier, là, par terre, parmi les débris.

François s'agenouilla au sol. Écartant les restes du portrait de monsieur Colbert, il ramassa un document plié en quatre sur lequel on pouvait encore apercevoir les traces d'un sceau de cire. Il le déplia et l'examina. Après un moment, il releva la tête et jeta vers Catherine un regard affligé.

— Mademoiselle... Je ne sais pas lire.

Catherine vint le rejoindre et prit le document, se plaça devant la fenêtre et se mit à lire. Ni Marguerite ni François n'osaient bouger, de peur de la déranger. Lire devait être si difficile !

— C'est écrit par ton père, chuchota-t-elle à l'intention de François sans quitter des yeux la petite écriture serrée.

— Quoi ? Qu'est-ce qu'il dit ? s'enquit anxieusement François.

— Chut ! Laisse-moi terminer.

Catherine déchiffra lentement le document rempli de termes beaucoup plus complexes que la littérature dont elle avait l'habitude et qu'elle avait du mal à comprendre.

— On dirait un codicille.

— Un quoi ? demanda François.

— Un codicille. Un ajout à son testament. Il est daté de 1749.

Elle poursuivit sa lecture. À mesure qu'elle découvrait le contenu du document, son visage s'assombrissait.

— Lisez à voix haute, mademoiselle. Je vous en prie, supplia le jeune garçon en étirant le cou pour mieux voir l'écriture de son père.

Catherine s'exécuta.

Tel que déclaré dans mon testament, ayant des raisons de craindre que les quelques richesses que Dieu m'a permis d'accumuler grâce à mon honnête labeur ne tombent entre des mains mal intentionnées, et ayant jugé plus prudent de n'en pas révéler l'emplacement dans ledit testament, je rédige ce document afin qu'il soit lu à ma mort. Je ne doute nullement que mon épouse, Perrine Morel, saura comprendre pourquoi je lui ai si souvent rappelé que monsieur Colbert veillait sur ma famille. Je confie donc aux bons soins dudit monsieur Colbert, ministre plénipotentiaire de Sa Majesté Louis XIV, la garde des actions que je possède dans la Compagnie des Indes, qu'il fonda en l'an de Dieu 1664. Le bureau de ladite Compagnie m'étant apparu comme l'endroit le plus sûr pour les conserver à l'abri des malfaiteurs, mon épouse, si Dieu a daigné lui prêter vie au moment de l'ouverture de ce testament, ou mon fils, François Morel, les réclameront auprès du sieur Joseph Fleury Deschambault, receveur de ladite Compagnie en cette ville de Montréal, ou de son successeur, ledit sieur voulant bien me pardonner d'avoir profité de son absence passagère pendant que nous commercions au Château de Ramezay pour les dissimuler derrière le tableau de monsieur Colbert, qui orne si joliment son mur.

Fait en cette ville de Montréal
le huitième jour d'octobre de l'an de Dieu
mille sept cent quarante et neuf
Jean-Baptiste Morel,
marchand équipeur

Bouche bée, François regardait Catherine.

— Le huit octobre? C'était quelques jours à peine avant sa mort! Je comprends, maintenant, ce qu'il voulait dire quand il affirmait que le portrait de monsieur Colbert veillait sur nous!

— De toute évidence, ton père se méfiait de quelqu'un, suggéra Marguerite. Et ce quelqu'un est passé avant nous...

— Vite! Au Château Ramezay! s'écria François.

Catherine fourra le codicille dans sa manche.

* * *

Ils allaient s'élancer tous les trois vers la porte lorsqu'une voix retentit à l'extérieur.

— Qui va là ?

Marguerite s'approcha de la fenêtre. Dans la rue, face à la maison, se tenaient deux soldats qui avaient remarqué la porte entrebâillée. Comme il s'agissait d'une propriété qui avait été saisie par la prévôté, elle aurait dû être verrouillée et porter des scellés.

Marguerite saisit Catherine et François et les plaqua avec elle contre le mur, derrière la porte.

— Surtout, ne bougez pas, chuchota-t-elle.

L'un des soldats tira son épée de son fourreau et s'avança.

— Va voir derrière, murmura-t-il à l'autre soldat, qui obtempéra aussitôt.

Le soldat poussa la porte du bout de son arme, passa la tête dans l'embrasure et jeta un coup d'œil à l'intérieur. Il resta là un instant, aux aguets. Satisfait, il attendit son compagnon, qui revint à son tour.

— Alors ? s'enquit ce dernier.

— Rien. Mais quelqu'un s'est amusé à tout remuer. C'est ce pauvre Villeneuve qui va être surpris lorsqu'il va prendre possession de sa nouvelle maison! répondit l'autre en riant de bon cœur.

— Ne devrions-nous pas verrouiller?

— Pour protéger quoi? Je t'assure qu'il n'y a plus rien à voler là-dedans! Tout est en miettes. Allez, viens. Allons plutôt voir ce qui se passe du côté du cabaret de la mère Duclos. Elle doit bien avoir un petit pot pour nous!

Les deux soldats s'éloignèrent, laissant Catherine, François et Marguerite dans la pénombre.

6

SOUS LA PROTECTION
DE MONSIEUR COLBERT

Pendant ce temps, un individu se tenait devant le Château Ramezay. La porte de la clôture de bois qui encerclait le Château était verrouillée par un gros cadenas de fer. En d'autres circonstances, l'homme aurait sans doute fini par en venir à bout, mais même s'il y avait peu de chances qu'une patrouille passe, mieux valait ne pas risquer d'attirer l'attention. Il décida donc d'escalader la clôture, ce qu'il fit non sans difficulté. Une fois dans la cour, il observa les alentours. L'auguste demeure était tranquille. En jetant un dernier coup d'œil inquiet par-dessus son épaule, il avança dans le noir.

À l'aide du couteau qu'il avait pris soin d'emmener, il força la serrure de la porte arrière. En silence, il entra et referma doucement la porte derrière lui. Il scruta la pièce. Le moindre espace était occupé par des montagnes de caisses, de sacs et de ballots de toutes sortes. La vue d'une telle fortune lui faisait tourner la tête.

Au fond de la pièce d'à côté, il aperçut, profondément endormi sur une chaise droite, le vieux Mathieu Desrivières. En ville, tout le monde savait que même un tremblement de terre ne réveillerait pas le bonhomme Desrivières! Sur la pointe des pieds, il s'approcha, son couteau toujours à la main. Il se glissa derrière le vieillard qui ronflait paisiblement et hésita. Devrait-il lui trancher la gorge? Au fond, il n'était pas vraiment nécessaire de tuer pour obtenir ce qu'il désirait.

Il leva son arme et en abattit violemment le manche sur la tête du vieil homme, qui s'écroula au sol en grognant. Voilà. Dans quelques heures, lorsque Desrivières s'éveillerait avec une solide migraine, il serait parti depuis longtemps.

Tremblant, il s'arrêta près d'une pile de caisses et prit quelques grandes inspirations pour se calmer. Il ramassa un pied-de-biche laissé là par un employé de la Compagnie. Ainsi équipé, il ouvrit une caisse au hasard et ôta le couvercle. Il appuya l'outil contre la caisse et se pencha pour voir à l'intérieur. De superbes porcelaines bleues apparurent, soigneusement enveloppées dans de la paille. L'homme en prit quelques-unes et les fracassa par terre. Il lacéra ensuite des sacs de jute remplis de café et répandit leur contenu sur le plancher. Mieux valait laisser croire qu'on avait tenté de cambrioler l'entrepôt de la Compagnie des Indes. Cela détournerait l'attention.

Il se dirigea ensuite vers le bureau de Joseph Fleury Deschambault. Il lui fallait se dépêcher. Dans quelques heures, une fois la Morel fouettée et la foule bien amusée, il partagerait le butin avec son complice. Il lui tardait de conclure l'affaire pour ne plus jamais revoir cet individu repoussant.

* * *

Avant de sortir, Marguerite, Catherine et François attendirent pour s'assurer que les soldats étaient bien partis. Ils coururent à toutes jambes vers la rue Notre-Dame. En quelques minutes à peine, ils arrivèrent en vue du Château Ramezay. Ils s'arrêtèrent un peu en retrait, examinant les alentours. Tout semblait calme. Catherine, qui n'était guère habituée à de tels exercices, fort malséants pour une jeune fille de son rang, tentait sans grand succès de reprendre son souffle.

— Qu'est-ce qu'on fait, maintenant ? chuchota-t-elle, haletante.

François s'approcha doucement de la clôture et examina le gros cadenas de fer. Il était intact.

— Allons voir derrière.

Après s'être assuré que personne ne pouvait le voir, il se mit à escalader la clôture. Une fois au sommet, il s'assit à califourchon et tendit la main à Catherine.

— Venez, mademoiselle.

— Tu ne crois tout de même pas que je vais grimper comme une vulgaire gueuse ? répliqua la jeune fille, indignée, en serrant avec pudeur sa robe de laine contre ses jambes. Il n'en est absolument pas question !

Avec un soupir d'impatience, Marguerite la saisit fermement sous les fesses et la souleva. Catherine échappa un cri de surprise. François l'attrapa par les avant-bras et la tira vers le haut. À eux deux, ils réussirent à hisser jusqu'au sommet une Catherine gesticulante, qui n'eut d'autre choix que de redescendre de l'autre côté, où François la rejoignit. Marguerite abandonna la lanterne par terre puis, avec agilité, gravit à son tour la clôture. De l'autre bord, Catherine, outrée, replaçait sa robe.

Dans la cour avant, tout semblait normal.

— Venez, chuchota François.

Ils se rendirent dans le jardin et se figèrent sur place. Pendant une seconde, ils avaient cru voir de la lumière dans le bureau de monsieur Deschambault.

* * *

Il y avait encore de la braise dans l'âtre et l'homme avait facilement allumé la chandelle plantée dans un gros chandelier d'argent. Il se tenait devant le portrait de Colbert, les yeux écarquillés par la convoitise. Autour de lui, des liasses de documents et de gros registres de toutes sortes encombraient le bureau de Joseph Fleury Deschambault.

Il saisit le lourd tableau par les côtés, le décrocha et, avec difficulté, le déposa par terre, face contre le mur.

— Ça doit bien être là, quelque part, marmonna-t-il en inspectant l'encadrement.

Presque aussitôt, il sentit du relief entre le canevas et le cadre. Avec son couteau, il découpa le canevas. Bientôt, le ministre Colbert ne fut plus qu'un amas de retailles lancées pêle-mêle sur le sol. L'homme souleva le cadre vide et le secoua. Une feuille de papier pliée sur le sens de la longueur tomba sur le plancher de bois.

— Enfin. Les voilà ! gloussa-t-il en la ramassant.

Les mains tremblantes, il déplia le document. Un sourire victorieux lui fendit le visage lorsqu'il constata la valeur de ce qu'il tenait dans ses mains :

Deux actions de dix mille livres ! Vingt mille livres ! Une véritable fortune ! se réjouit l'homme en songeant aux quatre mille livres qu'un habitant mettait toute une vie à accumuler. Avec cupidité, il caressa du bout du doigt les actions. Jamais il n'avait vu autant d'argent. Jamais même n'avait-il espéré un jour en voir autant. Même après avoir partagé à parts égales avec son complice, il serait riche! Avec une telle somme à sa disposition, il pourrait aller en France et y acheter un immense domaine. S'il le désirait, il serait seigneur! Ou comte! Ou marquis! Peut-être encore allait-il mettre sur pied un commerce d'envergure qui lui rapporterait gros.

L'homme se figea soudain. Il avait cru entendre une voix à l'extérieur! Au bord de la panique, il mouilla ses doigts avec sa langue et éteignit la chandelle en pinçant la mèche, tendant l'oreille. Quelqu'un venait. Il replia vite la feuille de papier et la fourra dans la poche de son capot.

* * *

Marguerite prit les devants. Prudemment, elle franchit la porte et s'immobilisa. Elle s'avança sur la pointe des pieds, les deux enfants derrière elle,

entre les caisses et les sacs empilés çà et
là dans le Château. Par terre, dans un
rayon de lune, de précieuses porcelaines
de Chine gisaient, en morceaux à travers
des grains de café.

* * *

À tâtons, l'homme se glissa hors du
bureau de Deschambault. Sa respiration
sifflante lui semblait occuper tout
l'espace de la vieille demeure. Dans la
noirceur, son genou heurta une caisse. Il
se fit violence pour retenir un cri de
douleur. Il devait se cacher.

* * *

Dans le bureau de Joseph Fleury
Deschambault, tout était noir.

— J'aurais pourtant juré sur les
Saintes Écritures avoir vu de la lumière,
murmura Catherine. Vous aussi, non ?

— Mademoiselle, chuchota Marguerite. La peur n'est pas une excuse pour
blasphémer !

Catherine indiqua de la tête le
chandelier sur la table.

— Nous y verrions mieux avec un peu de lumière, suggéra-t-elle.

La domestique mit une brindille dans les braises de la cheminée et l'approcha de la chandelle. Elle s'arrêta net.

— Quelqu'un est passé, dit-elle à voix basse en regardant autour d'elle avec méfiance. La mèche est encore chaude.

Par mesure de prudence, François referma doucement la porte du bureau avant que Marguerite n'allume la chandelle. Une lumière jaune envahit la pièce. Devant le fauteuil de son père, vide, Catherine eut tout à coup l'impression d'être une intruse dans cet endroit où elle était pourtant venue si souvent.

— Regardez, fit Marguerite en désignant le sol.

Le portrait du ministre Colbert était sur le plancher, en lambeaux. Catherine se pencha et en examina les restes.

— Il n'y a rien, annonça-t-elle en se retournant, visiblement déçue.

— Nous arrivons trop tard, renifla François. Maintenant, plus rien ne sauvera ma mère.

— Peut-être pas, souffla Catherine en montrant le sol à son tour.

Sur le plancher, des traces de pas boueuses menaient vers l'extérieur du bureau.

* * *

Dans les voûtes du Château, l'homme retrouvait peu à peu son calme. Il lui suffisait de rester tranquille jusqu'à ce que ces importuns s'en aillent. Et si jamais ils se rendaient jusqu'à lui, tant pis pour eux, se dit-il en tâtant anxieusement la lame de son couteau. S'il le fallait, pour vingt mille livres, il égorgerait sa propre mère sans le moindre remords.

Il se blottit entre deux énormes piles de caisses qui atteignaient presque le plafond et attendit en silence.

* * *

Le chandelier à la main, Catherine et François derrière elle, Marguerite suivait les traces de boue, qui se dirigeaient droit vers les voûtes. Au fond de la pièce, une chaise gisait sur le côté. Il y avait une masse sombre sur le sol. Terrifiés, ils s'approchèrent.

— C'est Mathieu Desrivières, le gardien de nuit, chuchota Catherine, horrifiée. Regardez. Il saigne.

Le vieil homme était étendu sur le côté. À l'arrière de sa tête, du sang s'était écoulé d'une blessure ouverte et maculait le plancher. Marguerite se pencha vers lui et posa sa tête contre sa poitrine.

— Il respire.

— Il faut l'aider, suggéra Catherine.

— Pas avant d'être certains que celui qui a fait ça n'est plus ici.

Laissant là le gardien, ils se remirent en marche. À la file indienne, ils empruntèrent l'étroit escalier et descendirent. Terrifiée, Catherine aurait voulu être ailleurs. N'importe où, mais pas dans le Château, en pleine nuit, avec un inconnu qui ne leur voulait certainement pas du bien. Fermant la marche, François n'en menait guère plus large. Mais il devait y aller. Pour sa mère. Et pour son père.

Tentant de limiter les craquements lugubres des marches, ils parvinrent dans la cave. Autour d'eux, les épais murs de pierre se rejoignaient pour former une voûte que les piles de caisses et de ballots plus hautes qu'un homme rendaient encore plus écrasante. Ailleurs, des meubles de qualité étaient entassés les uns à côté des autres, en attente d'un acheteur.

La faible lumière de la chandelle donnait à ce décor une allure sinistre. Sur la pointe des pieds, ils avançaient lentement, serrés les uns contre les autres. Tout à coup, Marguerite s'arrêta et leur montra du doigt le plancher. Les traces de pas s'étaient estompées. Ils se retirèrent derrière une pile de gros sacs.

— Qu'est-ce qu'on fait, maintenant? demanda Marguerite.

— Nous ferions mieux d'aller avertir mon père, proposa Catherine. Il saura quoi faire.

— S'il y a la moindre chance que les actions de mon père soient encore ici, je dois les retrouver. Sinon, ça en sera fini de ma mère. Partez si vous le voulez, mademoiselle, mais moi, je reste.

Sans plus attendre, François disparut brusquement entre les marchandises, fonçant droit devant lui dans le noir. Seules, Marguerite et Catherine se regardèrent, ne sachant que faire.

* * *

Tapi entre les caisses, l'homme avait entendu des chuchotements à peine audibles et avait réussi à déterminer leur provenance. Faisant un effort pour contrôler sa respiration, il essuya la sueur qui lui coulait dans les yeux et quitta sa cachette. À l'autre extrémité de la cave, la faible lueur d'une chandelle brillait entre les caisses...

* * *

Cédant à sa conscience, qui lui hurlait de ne pas abandonner ainsi François aux mains d'un horrible gredin, Catherine se lança à sa poursuite, laissant Marguerite seule avec ses protestations. Dans le noir, elle tentait de retrouver le jeune garçon. En peu de temps, elle fut tout à fait désorientée.

* * *

François avançait à tâtons, tendant l'oreille à chaque pas. Il était terrorisé. Même si l'intrus se trouvait dans les voûtes, que pourrait-il contre lui ?

Il s'immobilisa. Un léger froissement avait brièvement troublé le silence. Il retint son souffle, à l'affût d'un mouvement. Dans la noirceur, il lui sembla sentir un déplacement d'air. Quelqu'un était passé près de lui. Avant même de pouvoir réagir, il se retrouva de nouveau seul.

* * *

Dans le noir, l'homme observait, soulagé. Dans sa main, le couteau tremblait légèrement. À une vingtaine de pas, il crut reconnaître la domestique des Deschambault. Ce serait facile. Il surgit brusquement entre deux rangées de caisses.

— Vous! cracha Marguerite sans comprendre. Que faites-vous ici?

— Cela ne regarde que moi, répondit l'homme d'une voix chevrotante. Vous êtes trop curieuse. Il aurait mieux valu que vous repartiez tranquillement chez Deschambault au lieu de venir fouiner ici.

L'homme avança vers elle, menaçant. Tremblante, Marguerite brandit le chandelier. Il était tout de même en argent. Peut-être que, si elle réussissait à lui en donner un bon coup sur la tête...

— Si vous approchez, vous le regretterez ! brava-t-elle.

L'homme fit un autre pas vers l'avant, son couteau prêt à frapper. Marguerite recula et se retrouva le dos contre un mur, paralysée de terreur. Au même moment, au sommet d'une des parois de marchandises, une caisse s'ébranla et atterrit lourdement sur la tête de l'individu, qui tituba avant de s'écraser lourdement sur le sol.

Debout sur les caisses, Catherine, les yeux remplis de frayeur, regardait Marguerite, puis le corps inerte étendu sur la pierre humide.

— Est-ce que tout va bien ? demanda-t-elle en descendant de son perchoir.

— Je... oui... balbutia Marguerite.

Catherine s'approcha de l'homme et, craintivement, le poussa du bout du pied.

— Mon Dieu, soupira-t-elle en portant la main à sa bouche. Est-ce vraiment moi qui ai fait ça ?

Elle se tourna vers Marguerite, la frayeur et la fierté se mêlant sur son visage. Au même moment, François surgit d'entre les caisses.

— J'ai entendu crier! haleta-t-il. Mademoiselle? Vous n'avez rien?

Il avisa le corps entouré des débris d'une caisse de céramique et stoppa sa course. Prudemment, il s'en approcha et, avec son pied, le retourna sur le dos.

— Le notaire Desmarais! s'écrièrent à l'unisson Catherine et François.

— Vous l'avez bien eu, le gredin! s'exclama Marguerite avec admiration.

Incrédules, tous les trois restèrent quelques instants à observer le notaire, un homme admiré et respecté du Tout-Montréal. Puis Catherine s'accroupit auprès du corps inerte du notaire.

— Croyez-vous qu'il est... mort?

— Non, répondit Marguerite. Mais bien sonné, ça oui!

La domestique se dirigea vers un ballot de soie indienne et y prit un grand morceau qu'elle entreprit de déchirer en lisières.

— Je ne crois pas que monsieur votre père nous en voudra d'abîmer un peu la marchandise de la Compagnie, dit-elle à Catherine qui avait repris le chandelier et l'éclairait de son mieux.

Marguerite s'approcha du notaire, le retourna sur le ventre, et lui lia solidement les mains derrière le dos avec une bande de tissu. Elle en fit autant pour les pieds et, pour finir, le bâillonna. Elle le remit sur le dos. Desmarais gémit, mais n'ouvrit pas les yeux. Elle fouilla ses poches et en sortit les actions qu'il venait de dérober.

— Mademoiselle, dit-elle en tendant triomphalement le document à Catherine.

Catherine parcourut rapidement des yeux le bout de papier.

— Des actions de la Compagnie des Indes! s'exclama la jeune fille. Je ne comprends pas. Pourquoi le notaire Desmarais voudrait-il dérober ainsi le bien d'autrui? Lui, un homme si estimable...

— Je comprends tout maintenant, mais je n'ai pas le temps de vous expliquer, mademoiselle, s'écria François. Il faut vite avertir le lieutenant civil et criminel pour qu'il annule la sentence de ma mère. Nous n'avons pas une minute à perdre.

— Et lui ? demanda Catherine.

Desmarais, les yeux maintenant ouverts et remplis de panique, gémit de nouveau et essaya sans succès de se défaire de ses liens.

— Il n'ira nulle part, répliqua Marguerite en ramassant le couteau qui était resté sur le sol. Laissons-le bien au frais jusqu'à ce qu'on vienne le cueillir.

Catherine plia les actions et les glissa dans sa manche, où se trouvait déjà le codicille de Jean-Baptiste Morel. Sans perdre plus de temps, ils filèrent au rez-de-chaussée et se précipitèrent dans la rue.

7

QUE JUSTICE SOIT FAITE !

À l'extérieur, le jour s'était levé et le soleil montait déjà dans le ciel que les nuages avaient enfin quitté. Il devait bien être près de huit heures. Dans une heure à peine, Perrine Morel subirait son châtiment. François, Catherine et Marguerite coururent en direction de la maison Deschambault. Autour d'eux, la ville s'activait comme à l'habitude et les chariots soulevaient la poussière des rues maintenant asséchées. Au loin, dans la rue Saint-Paul, un homme marchait d'un pas rapide.

— Là-bas, cria Catherine. C'est mon père !

Au pas de course, ils se dirigèrent vers Joseph Fleury Deschambault, qui les aperçut. Dans ses yeux brûlait une sainte colère.

— Marie-Anne-Catherine Fleury Deschambault! Que fais-tu dans la rue à cette heure? Aurais-tu l'obligeance de me dire où tu as passé la nuit? tonna-t-il. Une jeune fille qui va bientôt se marier! Quel scandale!

Il n'attendit même pas la réponse de sa fille et se tourna avec fureur vers Marguerite.

— Et toi! Ingrate! Retourne à la maison et ramasse tes affaires. Madame te paiera ce qu'elle te doit. Tu n'es plus à notre service. Quant à toi, jeune homme, ajouta-t-il en vrillant des yeux de braise sur François, tu as une bien drôle de manière de remercier les gens de leur générosité! Je ne veux plus te revoir chez nous! Tu peux reprendre tes guenilles et...

François et Marguerite figèrent sur place, mais Catherine, avec courage, s'avança et tira de sa manche le codicille et les actions.

— Père. Cessez de tonitruer et regardez plutôt ceci! ordonna-t-elle.

— Et impolie, en plus! Tu vas immédiatement retourner à la maison et...

— Père, le coupa Catherine. Je vous en supplie! Lisez. Vous comprendrez aussitôt.

Les narines dilatées et le souffle ronflant, tel un bœuf en colère, Deschambault prit les documents.

* * *

Le prêtre lisait les Évangiles d'une voix forte. Perrine était agenouillée sur les marches en pierre de l'église et ses genoux la faisaient horriblement souffrir. En simple chemise de coton et pieds nus dans le froid matinal d'octobre, elle grelottait sans que personne, parmi la foule nombreuse qui s'était massée pour la voir ainsi humiliée, la prenne en pitié. D'un bras tremblant de fatigue, elle peinait pour tenir la lourde torche allumée. Le cordon qui retenait les lourds écriteaux de bois lui labourait cruellement le cou.

Après une éternité, deux soldats la saisirent brusquement par les bras et la remirent sur ses pieds.

* * *

Incrédule, Deschambault regardait les papiers que venait de lui remettre sa fille.

— Où avez-vous trouvé cela? demanda-t-il gravement.

— Chez François et dans votre bureau, cette nuit, lança Catherine avec précipitation. Le notaire Desmarais a tout démoli dans la maison! Et il est entré dans le Château Ramezay! Il a presque tué le pauvre Mathieu! Il a détruit votre portrait de Colbert! Le père de François y avait caché ses actions! Marguerite, François et moi, nous les lui avons reprises! Je l'ai assommé. Vlan! Une caisse sur la tête!

— Le notaire Desmarais? Colbert? Morel? Dans mon bureau? Une caisse? Mais, enfin, que me racontez-vous là? balbutia Deschambault, dépassé par les événements.

— Monsieur? interrompit impatiemment François. Ma mère! Je vous expliquerai tout en chemin.

Hésitant, Deschambault regarda le document, puis Catherine, puis de nouveau le document. Il se décida enfin.

— Venez avec moi. Vite, ordonna-t-il.

Tous ensemble, ils prirent la direction de la place d'Armes.

* * *

Les gens s'étaient attroupés devant la plate-forme de bois. Au premier rang, l'air anxieux, se tenait Mathurin Ville-neuve. De temps à autre, il regardait par-dessus son épaule, semblant cher-cher quelqu'un dans l'assemblée.

— Ils vont lui tanner la peau du dos, à cette vilaine, dit une femme qui était arrivée tôt pour être au pre-mier rang et ne rien manquer du spectacle. Ça lui apprendra à pactiser avec le Diable !

— Dommage qu'on ne puisse pas la rôtir vivante comme on le faisait jadis en France ! renchérit un homme. Des hur-lements d'agonie et une bonne odeur de cochon brûlé, ça fait réfléchir les suppôts de Satan !

Quelques minutes après neuf heures, un murmure traversa la foule, qui s'ouvrit pour laisser passer Perrine Morel. La condamnée revenait de l'église Notre-Dame, où elle avait fait amende honorable. Sur son dos et sa poitrine ballottaient deux lourds écriteaux de bois sur lesquels on avait inscrit « profanatrice de choses saintes ». D'un pas chancelant, elle avançait, l'œil hagard, le visage à moitié caché par sa chevelure crasseuse. Elle tenait toujours la lourde torche de cire allumée qu'elle ne déposerait que pour recevoir son châtiment corporel.

Précédée de soldats et suivie du lieutenant civil et criminel, Perrine traversa la foule sans même en remarquer la présence. Elle semblait morte au monde, repliée sur sa douleur. De temps à autre, quelqu'un lui lançait un fruit pourri qui tachait sa chemise. Un caillou lui frappa la tête et lui ouvrit le sourcil sans qu'elle réagisse. Elle avança jusqu'à la plate-forme de bois fraîchement construite et y monta. Le bourreau, vêtu de rouge de la tête aux pieds, l'y attendait, le visage durci par l'habitude. Il la saisit rudement par les poignets, l'attacha au poteau et déchira sa chemise sans qu'elle offre la moindre résistance. Tout le monde pouvait voir son dos dénudé. Le bourreau se dirigea ensuite vers une petite table où il avait disposé un fouet. Il saisit l'instrument, le déroula lentement en s'assurant que la longue lanière de cuir était bien graissée. L'air menaçant, il attendit.

— Perrine Morel, s'écria le lieutenant civil et criminel d'une voix forte pour que tous l'entendent bien. Pour avoir profané la religion par vos activités de sorcière, vous avez été condamnée à recevoir vingt coups de fouet. Cette sentence sera maintenant appliquée par le maître des hautes œuvres.

Il se retira légèrement. Le bourreau s'avança et fit claquer son fouet par terre à quelques reprises pour choisir la meilleure distance. Satisfait, il se plaça derrière Perrine et releva son fouet pour porter le premier coup.

— Arrêtez ! retentit une voix autoritaire au cœur de la foule.

Stupéfait, le bourreau arrêta son élan et chercha du regard l'importun qui osait interrompre ainsi le bras vengeur de la justice royale.

— Cette femme est innocente ! reprit la voix qui s'approchait.

La foule se fendit et céda respectueusement le passage à Joseph Fleury Deschambault.

— Que signifie cette interruption ? demanda le lieutenant civil et criminel, le visage cramoisi d'indignation.

— Je me porte personnellement garant de son innocence, déclara Deschambault en brandissant les documents.

Le lieutenant civil et criminel se raidit, choqué à l'idée de voir son autorité ainsi remise en question devant le petit peuple. Il s'adoucit un peu en reconnaissant celui à qui il avait affaire.

— Expliquez-vous, monsieur, dit-il gravement.

Deschambault gravit avec dignité les marches qui menaient à la plate-forme, toisa la foule qui se fit bientôt silencieuse et brandit le codicille et les actions.

— J'ai ici deux actions de la Compagnie des Indes, d'une valeur de vingt mille livres, tonna-t-il. Elles appartenaient à Jean-Baptiste Morel, marchand en cette ville et époux défunt de la condamnée, Perrine Morel, ici présente. Il les lui avait léguées de plein droit comme le prouve ce codicille écrit de sa propre main, ajouta-t-il en remettant le tout au lieutenant.

Un murmure d'étonnement s'éleva. Interloqué, le lieutenant scruta les documents. Après un moment, Deschambault reprit sa démonstration.

— J'affirme que Perrine Morel a été injustement accusée de sorcellerie par cet homme, qui désirait s'approprier son bien! déclara-t-il en pointant un index accusateur vers Mathurin Villeneuve.

Le regard du lieutenant alla de Deschambault à Villeneuve, puis à Perrine. Deschambault continua.

— Il s'avère que ledit Villeneuve a travaillé comme voyageur pour Jean-Baptiste Morel à l'époque où celui-ci a fait l'acquisition de ces actions, tel qu'il est inscrit aux registres de la Compagnie des Indes. Fier de son achat, et avec raison, Morel lui en a sans doute fait confidence. Villeneuve ayant par la suite été congédié, il a décidé de se venger de Morel et de mettre la main sur ses actions. Nous nous souvenons tous des circonstances nébuleuses dans lesquelles Morel a été retrouvé mort derrière un cabaret voilà quatre ans. Il y a fort à parier qu'il a été assassiné par Villeneuve pour avoir refusé de lui remettre ses actions !

Un murmure de surprise traversa la foule. Deschambault poursuivit.

— Tous vous diront que ce mécréant n'a guère de cervelle. Cependant, il s'avère qu'il y avait à Montréal un être d'une cupidité égale à la sienne : le notaire Desmarais.

Le lieutenant civil et criminel était scandalisé. Il interrompit brusquement Deschambault.

— Monsieur ! Nonobstant votre rang, je vous rappelle que l'on n'accuse pas impunément un homme honorable sans encourir les foudres de la justice ! Vous devrez prouver vos accusations ou il vous en coûtera !

— Patientez, monsieur, ordonna Deschambault en levant la main avec autorité. Tout deviendra bientôt clair, je vous l'assure.

Il reprit.

— Ensemble, ils ont devisé un plan. Le notaire a d'abord profité du fait que Perrine Morel ne savait point lire. Lors de la lecture du testament de Jean-Baptiste Morel, il a omis le passage qui mentionnait l'existence des actions et la présence d'un codicille caché dans la maison. Mais le testament ne révélait pas l'emplacement de la cachette. Pour mettre la main sur ses biens, quoi de plus facile que d'épouser la veuve Morel? Villeneuve aurait alors eu tout loisir de chercher le codicille, puis de s'emparer des actions. C'était toutefois sans compter sur la droiture de cette honnête femme, qui désirait demeurer fidèle à la mémoire de son époux. Qu'à cela ne tienne! Le notaire Desmarais connaît bien la loi. C'est son métier. Il savait qu'en accusant Perrine Morel de sorcellerie, Villeneuve finirait par mettre la main sur la maison — et sur le codicille!

— Des preuves, monsieur! explosa le lieutenant. Il faut des preuves!

— Si vous voulez bien vous donner la peine de saisir le testament de Jean-Baptiste Morel, déposé au greffe du notaire Desmarais, répliqua calmement Deschambault, je ne doute point que vous y trouverez mention des actions et de ce codicille.

Deschambault s'avança vers le lieutenant et, en souriant, lui tendit solennellement la clé du Château Ramezay.

— Vous trouverez aussi le notaire Desmarais solidement ligoté dans les caves du Château Ramezay, où il a été surpris cette nuit même en train de voler les actions que Jean-Baptiste Morel avait cachées dans mon bureau. J'imagine qu'il devait retrouver Villeneuve après l'exécution de la sentence pour partager l'ignoble butin! Heureusement, la justice de Sa Majesté est sauve. Ma fille, ma domestique et le jeune fils Morel se sont chargés de lui, ajouta-t-il, le regard rempli de fierté. Si je puis me permettre, ils ont été beaucoup plus perspicaces que vous!

Le lieutenant prit la clé de mauvais gré.

— Soit, dit-il à l'intention de Deschambault d'une voix à peine audible. Nous vérifierons vos allégations. Jusqu'à plus ample informé, je vous confie la garde de cette femme.

Il se tourna vers les soldats.

— Gardes, relâchez la condamnée.

— Ahem... fit Deschambault en fronçant le sourcil.

— Pardon. La prévenue. Capitaine, ajouta-t-il à l'intention de l'officier, veuillez procéder immédiatement à la prise de corps du notaire Claude-Armand Desmarais, envers qui des accusations de crime contre la propriété viennent d'être portées par le sieur Joseph Fleury Deschambault, receveur de la Compagnie des Indes en cette ville de Montréal.

Autour de Mathurin Villeneuve, la foule en colère formait une véritable muraille qui l'enserrait rapidement.

— Et saisissez-vous de cet homme avant que le peuple ne fasse lui-même justice, ajouta-t-il d'un ton sec.

* * *

Perrine Morel passa plusieurs semaines chez les Deschambault à refaire ses forces. De son côté, monsieur Deschambault fit les démarches nécessaires pour qu'elle puisse encaisser les actions. Une fois en possession de sa fortune, Perrine insista aussitôt pour offrir à son bienfaiteur un nouveau portrait de monsieur Colbert, mais il refusa net. Il déclara que Perrine ferait mieux de voir à assurer l'avenir, fort prometteur, précisa-t-il, de son jeune fils. Il allait s'occuper lui-même de commander en France une nouvelle copie du tableau.

Perrine fit l'acquisition d'une maison en pierre assez grande pour elle et François, rue Notre-Dame. Bientôt, la nouvelle se répandit que le notaire Desmarais et Mathurin Villeneuve avaient été déclarés coupables de crime contre la propriété et du meurtre de Jean-Baptiste Morel. Au milieu de décembre, devant une foule enthousiaste, ils furent abondamment fouettés avant d'être ramenés, plus morts que vifs, dans leur cachot. Là, ils attendraient l'arrivée des navires, prévue pour l'été. L'un d'eux les ramènerait en France pour y servir une sentence de trois ans sur les galères royales.

Catherine, elle, préparait frébrilement son mariage prochain. Au tout début de janvier 1754, François vint lui rendre visite. Dehors, le vieux Mathieu Desrivières, que monsieur Deschambault avait insisté pour engager comme jardinier, s'affairait à dégager la neige.

Après avoir parlé de tout et de rien pendant environ une heure, les deux jeunes gens durent mettre fin à leur entretien, selon les règles de la bienséance. François s'arrêta sur le seuil et hésita en tripotant son tricorne tout neuf.

— Vous allez vraiment vous marier, mademoiselle? demanda-t-il, incrédule.

— Oui. Le sept.

— Et... vous l'aimez?

— Si je l'aime? Mais quelle question indiscrète!

Elle hésita.

— Je l'aimerai, j'en suis certaine. Lorsque je le connaîtrai mieux.

— Je vous souhaite tout le bonheur possible, alors.

— Merci, François. Tu es gentil.

Un silence inconfortable s'installa.

— Et toi, que vas-tu faire, maintenant? demanda Catherine. Avec tout cet argent, ta mère et toi devez bien avoir des projets.

— Je vais aller à l'école, figurez-vous. Dans quelques jours, à peine, je dois partir pour Québec, où ma mère m'a trouvé une pension. Je vais être instruit par messieurs les jésuites à leur Séminaire.

— Vas-tu devenir prêtre?

— Surtout pas, mademoiselle! Peut-être notaire. Ou avocat, si Sa Majesté décide de permettre l'exercice de cette profession dans Sa colonie. D'expérience, je peux vous dire qu'il est parfois avantageux d'être défendu en cour, ajouta-t-il en souriant.

— Bientôt, tu sauras lire et compter aussi bien que moi, dit Catherine en souriant.

— Oh! Jamais aussi bien que vous, mademoiselle!

— Bien sûr que si! Et tu pourras faire tout ce que bon te semble. Tu pourras même relancer le commerce de ton père, si tu le désires.

Les deux amis se regardèrent longuement.

— Avec votre mariage et mes études à Québec, nous ne nous reverrons plus guère, je suppose, hésita François, mal à l'aise, en regardant le plancher.

— Je suppose que non, murmura Catherine.

François s'approcha brusquement de Catherine, lui saisit la main et y déposa un baiser. Puis, sans dire un mot, il sortit en coup de vent et s'éloigna au pas de course dans la rue enneigée.

Par la fenêtre, Catherine le regarda s'éloigner. Elle n'avait plus peur. En fait, plus rien ne lui ferait jamais peur. Ni l'amour ni le mariage.

ÉPILOGUE

Marie-Anne-Catherine Fleury Deschambault et son père, receveur puis agent général de la Compagnie des Indes, ainsi que sa mère, Catherine Veron de Grandmesnil, ont bien existé. Née le 7 août 1740, Catherine épousa Charles-Jacques Le Moyne le 7 janvier 1754. Le destin lui réservait cependant des surprises. Alors qu'il venait d'hériter du titre de baron de Longueuil quelques mois auparavant, à la suite de la mort de son père, Charles-Jacques fut tué le 8 septembre 1755 au lac Saint-Sacrement où il participait à une expédition militaire contre les Iroquois. Catherine donna naissance, le 21 mars 1756, à deux jumelles dont une seule, Marie-Charles-Joseph, survécut. L'enfant fut prise en charge par Joseph Fleury Deschambault alors que Catherine, elle, devint baronne douairière de Longueuil. En 1770, elle épousa devant l'Église catholique et l'Église anglicane un marchand de Québec, William Grant. Ce dernier avait gravi rapidement les échelons de l'élite coloniale britannique. Ironie du sort, il était aussi propriétaire du Château Ramezay depuis 1764 et le loua au gouvernement britannique à compter de 1773. Le Château devint alors la résidence officielle du gouverneur du Canada. Catherine mourut à Québec en 1818 et sa fille devint à son tour baronne de Longueuil.

Perrine Morel, elle aussi, est un personnage authentique. Pour les besoins du récit, quelques libertés ont toutefois été prises. Elle a subi en 1671, devant la prévôté de Québec, un procès pour sorcellerie dont l'issue demeure incertaine. Comme le dernier procès pour sorcellerie au Canada avait été celui du soldat François-Charles Havard de Beaufort dit l'Avocat, tenu à Montréal en 1742, le personnage de Perrine Morel a été transposé à Montréal quatre-vingt-deux ans plus tard. Les dialogues de son procès sont inspirés en grande partie d'autres procès semblables. François

Morel, Jean-Baptiste Morel, Claude-Armand Desmarais et Mathurin Villeneuve sont des personnages fictifs.

Quant au Château Ramezay, il existe toujours, évidemment. Construit en 1705 par Claude de Ramezay, devenu gouverneur de Montréal l'année précédente, il s'agissait d'une demeure très cossue pour l'époque avec ses vingt et un mètres de long sur presque douze de large, ses trois étages (y compris la cave et la cuisine, mais pas le grenier), son toit en pente et ses murs de pierre, de chaux et de sable. C'était une demeure digne du représentant du roi au Canada, entourée d'un hangar, d'une glacière, d'une remise à carrosse, d'un jardin et d'un vaste verger. Dans une lettre adressée à un ministre français, Ramezay décrit lui-même le Château comme « sans contredit la plus belle (demeure) qui soit en Canada ». Après avoir connu diverses fonctions, le Château abrite, depuis 1895, un musée où l'on fait revivre l'histoire de Montréal.

Le Musée
du Château Ramezay

Son histoire

Le château ouvre ses portes à titre de musée en 1895, ce qui en fait le plus ancien musée privé d'histoire au Québec. En 1929, il devient le premier édifice classé monument historique par le gouvernement du Québec. Son architecture et son historicité en font un attrait patrimonial majeur. Dès son ouverture, une place importante est consacrée aux enfants, aspect qui se développera avec le temps par le biais de visites scolaires. Avec les années s'ajouteront quantité d'activités culturelles et éducatives pour tous les goûts.

Le *Musée du Château Ramezay*, par sa collection riche et diversifiée de quelque 30 000 objets, offre un contact unique avec plus de 500 ans d'histoire de Montréal et du Québec, de la préhistoire amérindienne jusqu'au début du XXe siècle.

La reconstitution du *Jardin du Gouverneur* à l'été 2000 permet de redonner vie à la propriété. Ceinturé de toutes parts, le jardin a été aménagé sur le modèle de ceux retrouvés dans les domaines des dignitaires de la Nouvelle-France, c'est-à-dire selon un style formel à la française. Divisé en trois compartiments distincts de grandeurs égales, soit des sections de potager, d'agrément et de verger, ce jardin est bordé de plantes médicinales et aromatiques.

Ses activités et ses ateliers

Qu'attendez-vous pour vivre l'expérience ? Comme François et Catherine, entrez dans l'histoire au Château... et découvrez un *vrai trésor* de Musée !

Quoi de plus fantastique que de se retrouver au cœur de l'action au Château Ramezay et de se plonger dans la vie quotidienne du XVIIIe siècle ? En compagnie de guides passionnés, vous aurez un contact privilégié avec l'histoire par une foule d'activités et d'ateliers familiaux vivants et dynamiques.

Avec vos camarades de classe, venez profiter d'une journée sous le thème de la Nouvelle-France et découvrez le riche patrimoine de nos ancêtres à travers les objets et les coutumes qu'ils nous ont laissés.

Musée du Château Ramezay
280, rue Notre-Dame Est
Vieux-Montréal (Québec) H2Y 1C5
(514) 861-3708
www.chateauramezay.qc.ca

Table des matières